泰戈尔英文诗集全译

献歌集
流萤集

【印度】泰戈尔 著

李家真 译

中华书局

图书在版编目(CIP)数据

献歌集;流萤集/(印)泰戈尔著;李家真译. —北京:中华书局,2024.8.—(泰戈尔英文诗集全译). —ISBN 978 - 7 - 101 - 16662-0

Ⅰ. I351. 25

中国国家版本馆 CIP 数据核字第 2024SZ5826 号

书　　名	献歌集　流萤集	
著　　者	[印度]泰戈尔	
译　　者	李家真	
丛 书 名	泰戈尔英文诗集全译	
责任编辑	徐卫东	
装帧设计	毛　淳	
责任印制	陈丽娜	
出版发行	中华书局	
	(北京市丰台区太平桥西里 38 号　100073)	
	http://www.zhbc.com.cn	
	E-mail:zhbc@zhbc.com.cn	
印　　刷	三河市中晟雅豪印务有限公司	
版　　次	2024 年 8 月第 1 版	
	2024 年 8 月第 1 次印刷	
规　　格	开本/787×1092 毫米　1/32	
	印张 6⅝　插页 2　字数 40 千字	
印　　数	1-6000 册	
国际书号	ISBN 978-7-101-16662-0	
定　　价	42.00 元	

爱悦的赤子之心

（代译序）

　　孟子说："大人者，不失其赤子之心者也。"孟夫子主张性善，所以说了不起的人，便是能保持纯良仁爱天性的人。朱子对这句话的解释是："大人之所以为大人，正以其不为物诱，而有以全其纯一无伪之本然。"顶得住外物引诱，守得住生命本真，的确当得起一个"大"字。朱子的讲法，孟夫子大约可以同意。

　　到了民国，王国维先生说，"词人者，不失其赤子之心者也"，以为诗人之可贵处，在于不为世故沧桑所转移，常常拥有一份真性情、真思想，其中显例便是"生于深宫之中、长于妇人之手"的李后主，因为他"阅世愈浅，则性情愈真"（《人间词话》），做国家领袖不行，做诗人却非常地行。

真性情固然是第一等诗人必有的素质，但若以阅世浅为前提，却不是十分令人信服。王先生这番议论之后没几年，我乡人兼同宗李宗吾先生又说，所谓赤子之心，便是小儿生来就有的抢夺糕饼之厚黑天性；保有这点"赤子之心"，便可以抢夺财富权力，甚至可以窃国盗天下。李先生所说本为滑稽讽世，而今日世界竞争惨烈，照字面搬用先生教诲的人好像不在少数。这样的"赤子之心"不能让人爱悦欢喜，反而容易使人惊恐畏惧，似乎并不太妙。

小时候捧读泰翁的诗，滋味十分美好，十分清新。本了不求甚解的古人遗意，那时便只管一味喜欢，从不曾探究原因何在。现在有幸来译他的诗，不得不仔仔细细咀嚼词句，吟咏回味之下，不能不五体投地，衷心赞叹这位真正不失赤子之心的诗人。

泰翁与王李二先生大抵同时，生逢乱世，得享遐龄，而且积极投身社会活动，可以说阅世很深。但是，他的诗里不仅有高超的智慧与深邃的哲思，更始终有孩童般的纯粹与透明。一花一木，一草一尘，在他笔下无不是美丽的辞章与活泼的思想，"仿佛对着造物者的眼睛"（《采果集》二一）。因了他的诗歌，平凡的生活显得鲜明澄澈，处处都是美景，让人觉得禅门中人说的"行住坐卧皆是禅"并非妄语。深沉无做作，浅白无粗鄙，清新无雕饰，哀悯无骄矜，泰翁之诗，可说是伟大人格与赤子之心的完美诠释。

以真正的赤子之心体察世界，时时可有风生水涌一般的惊异和欢喜。印度哲学家拉达克里希南（Sarvepalli Radhakrishnan，1888—1975）在《泰戈尔的哲学》（The Philosophy of Rabindranath Tagore，1918）当中写道："（包括诗歌在内的）艺术产生于忘我的喜悦，因此可以娱悦心灵，或者说创造欢乐，可以帮助灵魂跃出枷锁，与自身及外部世界达致和谐。"泰翁之诗，便是忘我喜悦生发的伟大艺术，好比一道道清泉，流过尘土飞扬的世路，滋润干渴枯焦的心灵，又好比一缕缕清风，吹去凡俗妄念的烟炱，让世界显露美好的本色。

只可惜对于我们来说，泰翁诗中的世界，委实是一个业已失落的世界。身处焦躁奔忙的现代社会，低头不见草木，举目不见繁星，佳山胜水尽毁于水泥丛莽，田园牧歌尽没于机器轰鸣。作为整体的人类，不仅已经自我放逐于伊甸园之外，更似乎永远失去了曾有的赤子之心。这样的我们，怎能不迷惑怅惘，茫茫如长夜难明，怎能不心烦意乱，惶惶如大厦将倾？

惟其如此，我们更要读泰翁的诗，借他的诗养育心中或有的一线天真。读他的诗，我们或许依然可以逃开玻璃幕墙与七色霓虹映现的幻影，从露水与微尘里窥见天堂的美景；读他的诗，我们或许依然可以从喷气飞机与互联网络的匆匆忙乱之中，觅得一点生命的淡定与永恒。

这个集子囊括了泰翁生前出版的全部九本英文诗集。大体说来，《献歌集》(*Gitanjali*, 1912)是敬献神明的香花佳果，《园丁集》(*The Gardener*, 1913)则如泰翁短序所说，是"爱与生命的诗歌"；《新月集》(*The Crescent Moon*, 1913)是对纯真孩提的礼赞，

《采果集》(*Fruit-Gathering*，1916）主题与《献歌集》约略相似，笔调则较为轻快；《彤管集》(*Lover's Gift*，1918）讴歌爱情不朽，《渡口集》(*Crossing*，1918）冥思彼岸永恒；《游女集》(*The Fugitive*，1921）题材形式最为多样，醇美亦一如他集，至于《游鸟集》(*Stray Birds*，1916）和《流萤集》(*Fireflies*，1928），则都是有似箴言的隽永小诗。

实在说来，我以为泰翁的诗章只有一个主题，那便是大写的"爱"——爱自己，爱他人，爱万物，爱自己与万物共处的这个泱泱世界。就连泰翁笔下的神明，也从不显得孤高绝俗，仅仅是一颗时或忐忑的炽烈心灵，热爱凡人，也渴望凡人的爱。

真正的诗歌，岂不都是以"爱"为永恒的主题？大程夫子的"万物静观皆自得，四时佳兴与人同"，与泰翁的"岸边搁浅的我，才听见万物的深沉乐音，才看见天空向我袒露，它繁星点点的心"（《彤管集》三八），吟咏的岂不是同一种爱？泰翁竭力践行这样的爱，不辞山长水远，"最迢遥的路线，才通向离自己最近的地点；最繁复的习练，才

使曲调臻于极致的简单"(《献歌集》一二）；竭力
以自己的存在，使世界变得更加可爱，"我写下的
诗篇，已经使他们的花朵分外娇艳，我对这世界
的爱，已经使他们对世界爱意更添"(《游女集》卷
三，三二）。

　　泰翁的诗歌，对我国读者来说格外迷人，是因
为我们浸润着"天人合一""民胞物与"的传统，格
外容易与诗中妙谛产生默契。这不是泛神的迷信，
而是深沉的爱与慰藉。昔人说"我见青山多妩媚，
料青山见我应如是"，今日的青山，依然予我们脉
脉的关怀，是我们，自弃于青山之外。

　　泰翁的诗歌带有浓重的理想主义色彩，极个别
语句仿佛有说教的气息，然而在我看来，这并不能
算是泰翁诗歌的瑕疵。泰翁曾在演讲及随笔集《创
造的和谐》(*Creative Unity*，1922) 当中写道："人
不是偶然游荡在世界宫殿门前的区区看客，而是应
邀赴宴的嘉宾，只有在人到场列席之后，宫殿里的
盛宴才能获得它唯一的意义。"泰翁对人性寄予甚
高的期许，因为他相信人是造物主的巅峰杰作。无

论这是否事实，生而为人的我们，确实应当对自己有更高的期许，即便我们并不是尘世冠冕上的明珠，还是不妨对自己多加琢磨，使自己的生命，放射尽可能璀璨的光华。

这是人存在的意义，也是人存在的责任。

是为序。

二〇〇九年九月十一日初稿
二〇一八年五月七日增订

目　录

献歌集
献歌

*

据麦克米伦出版公司一九一三年版
译出

让我全部的生命，一齐向你致敬，让它扬帆起航，驶向永恒的家乡，宛如归飞的思乡鹤群，向着它们山间的旧巢，日夜兼程。

题献

献给威廉·罗森斯坦

威廉·罗森斯坦（William Rothenstein，1872—1945）为英国画家及艺术评论家，泰戈尔的友人，曾访问泰戈尔家乡，其间创作多幅泰戈尔肖像。爱尔兰诗人叶芝及美国诗人庞德均由罗森斯坦绍介而与泰戈尔相识。此外，罗森斯坦是泰戈尔英译《献歌集》手稿的第一个西方读者。

——译者注，以下同

导　言

一

几天前，我对一位著名的孟加拉医学博士说："我不懂德语，不过，若是哪位德语诗人的诗作译本打动了我，我一定会去大英博物馆，找些英文书籍来了解他的生平，还有他的思想历程。可惜的是，尽管拉宾德拉纳特·泰戈尔的这些散体译作●

●英文诗集《献歌集》首次出版于1912年（出版方是伦敦的印度学会），书名原文为"Gitanjali"（旧译"吉檀迦利"），是孟加拉文"গীতাঞ্জলি"的英文转写，意为"献给神明的歌"。主要是因为这部诗集，泰戈尔获得了次年的诺贝尔文学奖。集中诗作均由泰戈尔本人自孟加拉文译成英文，孟加拉文原诗是有韵的，英文译本则无韵。不过，据泰戈尔本人所说，从很大程度上讲，他的英译是一种再创作，并不是对孟加拉文原诗的简单转译。

深深触动了我的血脉，比我多年来读过的任何作品
都要动人，我还是没法了解他的生平，没法了解催
生这些诗作的思潮，除非有哪个去过印度❶的人愿
意告诉我。"这位博士觉得，我为泰戈尔倾倒是一
件十分自然的事情，并且告诉我："我每天都读拉
宾德拉纳特的诗，只需要读上一行，就可以忘记世
上的一切烦恼。"

于是我说："理查二世时期，生活在伦敦的英
格兰人若是读到了彼特拉克或但丁作品的译本❷，
同样找不到书籍来解答关于作者的疑问。不过，他
们总可以去问佛罗伦萨的银行家，或者是伦巴第❸
的商人，就像我问你一样。依我看，这些诗作如此
丰富，如此质朴，足以说明你的国家已经涌现了新
的文艺复兴，可惜我只能通过道听途说来了解它，
没有别的途径。"

博士回答说："我们那里还有别的诗人，可他
们都比不上泰戈尔；我们都把当今时代称为泰戈尔
的时代。据我看，他在我们那里的知名度，超过了
任何诗人在欧洲的知名度。他的音乐造诣和他的诗
艺一样了不起，从印度西部直到缅甸，说孟加拉语

的地区都在传唱他写的歌曲。他十九岁的时候就出
了名，因为他写出了他的第一部小说。紧接着，他
创作了一些戏剧，这些戏剧至今在加尔各答搬演不
衰。他的人生如此完满，实在让我五体投地。年纪
还很轻的时候，他创作了大量以自然为主题的作
品，从早到晚都坐在他的花园里；约摸二十五岁至
三十五岁之间，他承受了巨大的哀痛，于是就写出
了我们文字当中最优美的爱情诗篇。"说到这里，
博士深情地补了一句："我十七岁的时候，他的情
诗给了我无以言表的巨大帮助。再往后，他的艺术
益发深沉，带上了宗教和哲学的内涵，他那些神圣
的诗篇，囊括了人类的所有抱负。他从不拒斥生

❶ 1947 年印巴分治之前，今天的印度、孟加拉和巴基斯坦都是
英属印度的一部分。

❷理查二世时期是指英格兰国王理查二世（Richard II，1367—
1400）执政的时期，即 1377 至 1399 年；彼特拉克（Francesco
Petrarca，1304—1374）和但丁（Dante，1265—1321）都是意大
利文艺复兴时期的大诗人。

❸伦巴第（Lombardy）是意大利北部毗邻瑞士的一个地区。

活，而是为生命本身代言，在我们的圣贤当中，他是第一个这么做的人。就是由于这个原因，我们向他献出了自己的爱。"

我凭记忆转述这位博士字斟句酌的言辞，语句可能会有偏差，意思则忠实无误。博士说："不久之前，他在我们的一座教堂——我们梵社❶的人也使用你们英语里的'教堂'一词——讲道，那是加尔各答规模最大的一场仪式，仪式现场人山人海，窗台上都站了人，就连街道也挤得水泄不通。"

其他一些印度人也来找过我，他们对泰戈尔的崇敬似乎与我们的社会格格不入，因为我们总是不加区别地对待伟大与渺小，总是给两者罩上同一张露骨玩笑和戏谑贬抑的面纱。但在往昔时代，当我们还在兴建大教堂的时候，我们对本族的先贤，岂不也怀有同样的崇敬？

"每一天的凌晨三点——我确实知道这件事情，因为我亲眼见过——"有个印度人告诉我，"他都会纹丝不动地坐在那里，冥想神明的真性，两个钟头之后才会从沉思中醒来。泰戈尔的父亲，也就是那位梵社导师❷，有时会在静坐冥想之中度过一整天；

有一次，他在河边看到了美丽的风景，就这么陷入了冥思，船工不得不等了他八个钟头，然后才接着赶路。"接下来，这人跟我讲起了泰戈尔的家族，讲起了他英才辈出的家世。"今时今日，"这人说，"他们家有戈贡嫩德拉纳特·泰戈尔和阿班宁德拉纳特·泰戈尔，两个人都是艺术家，还有拉宾德拉纳特的哥哥德维因德拉纳特·泰戈尔❸，一位了不起的哲学家。松鼠会跑下树来，爬上他的膝头，鸟儿也会在他掌中降落。"我发现，这些人的想法包含着一种关于有形之美和有形意义的认识，情形似乎是他们服膺尼采的教条，也就是说，如果某种道

❶梵社（Brahmo Samaj）是印度的一个宗教改革团体，兴起于十九世纪中叶，以改革并复兴印度教为目标。

❷泰戈尔的父亲德本德拉纳特·泰戈尔（Debendranath Tagore，1817—1905）是印度哲学家及宗教改革家，"梵社"领袖之一。

❸戈贡嫩德拉纳特·泰戈尔（Gogonendranath Tagore，1867—1938）和阿班宁德拉纳特·泰戈尔（Abanindranath Tagore，1871—1951）都是泰戈尔的堂侄；德维因德拉纳特·泰戈尔（Dwijendranath Tagore，1840—1926）是泰戈尔的长兄。

德之美或知性之美始终不能通过有形的事物显现自身，那就不值得相信。

于是我说："说到维持家族的荣光，你们东方人最是内行。以前有一天，一家博物馆的馆长把一个肤色黝黑的小个子男人指给我看，那人正在整理他们馆藏的中国画。馆长告诉我：'那人是日本天皇御用的世袭鉴定师，他已经是这个家族职位的第十四代传人了。'"

他回答说："拉宾德拉纳特做小孩子的时候，他家里到处都是文学和音乐。"这时我想到泰戈尔诗歌的丰富与质朴，于是说道："在你们的国家，说教文字和批评文字多吗？我们不得不炮制大量的说教和批评文字，尤以我自己的国家为甚，结果呢，我们的心灵渐渐失去了创造的力量。尽管如此，我们还是得这么干。我们的生活是一场没完没了的战争，如其不然，我们就没法拥有品味，没法知道什么是好，没法赢得听众和读者。我们把五分之四的精力用来跟低俗的品味理论，不管它是在别人的心里，还是在我们自个儿的心里。"

"这我明白，"他回答说，"我们也有我们的说教文字。在乡村地区，人们会念诵根据中古梵文典籍改编的神话长诗，经常还会往里面添加一些片断，教导大家尽职尽责。"

二

好些天以来，我一直把这些译作的稿本带在身边，在火车上读，在公共马车上读，或者在饭店里读。我不得不三番五次合上稿本，免得让陌生人看见，我受了多么大的触动。这些诗行——我那些印度朋友告诉我，这些译作的原本充满了精微的节奏感，无法转译的玄妙色调，还有新颖的韵律——意蕴悠长，向我揭示了一个我毕生梦想的世界。它们是一种至高文化的结晶，同时又像是寻常土壤的物产，一如庭园与沼地里的青草。

诗歌与宗教一体的传统已经绵延了许多个世纪。这种传统从或文雅或朴率的隐喻和情感当中汲取养分，又将渊深高贵的思想反哺普罗大众。如果孟加拉文明能够完整地延续下去，如果那种共有的心性——可想而知，它流动在所有人的心里——不重蹈我们这里的覆辙，不分裂成十几种彼此全不相知的心性，几个世代之后，某种与这些诗行的究极奥义相当的事物就会泽被天下，甚至惠及路边的乞儿。英格兰还只有一种心性的时候，乔叟写下了《特洛伊罗斯与克瑞西达》❶。他写作是为了供人们阅读，或者说供人们用于说教——因为我们的时代来得很快——尽管如此，他的作品还是在一时之间得到了吟游诗人的传唱。

跟那些吟游诗人一样，拉宾德拉纳特·泰戈尔会为自己的作品谱写乐曲，而你时时刻刻都能体会到，他的作品实在是无比丰富、无比率真、无比奔放、无比新奇，因为他做的是一件从不显得古怪牵强、从不显得有悖情理的工作。他这些诗行不会变成印制精美的小册子，躺到那些贵妇的几案上，而那些贵妇用慵懒的双手翻动书页，只是为了哀叹一种毫无意义的人生，因为她们对人生的理解仅限于此；也不会出现在那些大学生的手边，在人生劳作开始之时遭到主人的冷落。世代迁延，旅人会在大路上哼唱这些诗行，船工也会在河里哼唱。等候爱侣的恋人会轻声吟诵这些诗行，还会发现诗行里的

神之爱好比一道神奇的沟渠，他们那些比较苦涩的
激情可以沐浴其中，借此找回自己的青春。时时刻
刻，这位诗人的心灵都会流向这些人，没有轻慢，
没有骄矜，因为它知道，这些人是自己的知音；除
此而外，它已经借由这些人的生活境遇充实了自身。

旅人用赭色的衣衫遮掩尘土的印迹，姑娘在床
上找寻从高贵情人的花冠掉落的花瓣，奴仆或新娘
在空房里等待主人归家，所有这些形象，全都象征
着那颗向慕神的心。花朵与河流，螺号的欢声，印
度七月的大雨，或者是炙人的炎热，便是那颗心在
相聚或别离之时的意绪。而那个坐在河船上弹拨鲁
特琴❷的人，模样好似满载神秘意义的中国画人物，
象征的正是神本身。这类意象似乎囊括了整整一个

❶乔叟（Geoffrey Chaucer，1343？—1400）是英国中世纪时期
的大诗人，有"英语文学之父"之称。《特洛伊罗斯与克瑞西达》
（*Troilus and Cressida*）是乔叟的叙事长诗，许多学者视之为乔叟
的最佳作品。

❷"鲁特琴"原文为"lute"，是英文对多种形似吉他的乐器的通
称，比如我国的琵琶。此处列举的意象都出自泰戈尔的诗句，"河
船上弹拨鲁特琴的人"出自《献歌集》第七十四首。

民族，整整一个文明，囊括了所有这些让我们觉得无限陌生的事物。然而，我们之所以深受感动，并不是因为它陌生新奇，而是因为我们从中看到了自己的形影，感觉就像走进了罗塞蒂的柳林❶，又像在梦中听见了自己的声音——在文学作品中听见自己梦里的声音，这样的感觉兴许还是第一次。

自文艺复兴以来，各位欧洲圣徒的著作已经失去了我们的关注，无论我们多么熟悉他们使用的隐喻，多么熟悉他们思想的总体结构。我们都知道自己终须弃绝尘世，惯于在疲惫厌倦抑或醍醐灌顶的时刻考虑主动的弃绝；然而，我们读过那么多的诗歌，看过那么多的绘画，听过那么多的音乐，在这些作品当中，肉体的呼喊似乎与灵魂的呼喊一体无二，既是如此，我们怎可以冷酷粗暴的方式弃绝尘世？圣伯纳德捂住自己的眼睛，免得它沉迷于瑞士的美丽湖光，我们与他有什么共通之处，又与《启示录》当中那些狂暴的描写❷有什么共通之处？可以的话，我们不妨找出一些礼数周全的道别言辞，正如这部诗集所载：

　　我的告假已蒙允准。祝我一路平安吧，弟兄们！我向各位躬身作别，就此登程。

　　喏，我交还我房门的钥匙，我放弃自家房舍，所有的权利。我仅仅祈请，你们最后的好言好语。

　　我与各位长久为邻，可惜我领受的恩惠，超出我施与的能力。天已破晓，照亮我暗隅的灯盏已燃尽，召命已到，我准备即刻动身。❸

　　此外，正是我们自己的心绪——当它离肯皮

---

❶罗塞蒂(Dante Gabriel Rossetti, 1828—1882)为英国诗人及画家，《柳林》(*Willow wood*) 是他创作的爱情组诗。

❷西方历史上有多个圣伯纳德（St. Bernard），文中所指未能确知，可能是指以苦行节欲著称的法国圣徒 "克莱沃的伯纳德"（Bernard of Clairvaux， 1090—1153)；《圣经·启示录》描绘了恐怖的末日景象。

❸引文为《献歌集》第九十三首。

斯和十字约翰❶最远的时候——发出了这样的呼喊："我热爱此生，所以我深知，我也会热爱死亡。"❷不过，借由这部诗集得到透彻诠释的内心隐秘，并不只是我们关于死生长别的思考。在此之前，我们并不知道自己热爱神，更谈不上信仰祂；然而，回顾人生的时候，我们却会发现，在我们探索林间小径的旅途之中，在我们欣赏山间僻境的喜悦之中，在我们为意中女子徒然发出的神秘宣言之中，恰恰蕴含着这样的情感，正是它催生了这样一份缥缈诡谲的甜蜜："我的君王啊，你不期而至，像凡俗众人一般进入我心，又在我不知不觉之中，为我生命里的无数瞬息，盖上永恒的印记。"❸这不再是借由囚牢和鞭笞维持的圣洁，实在说来，它仅仅是一种超拔，诗人由此成为了情感更加炽烈的画师，给尘土与阳光着上缤纷的色彩。我们可以从圣方济各和威廉·布莱克❹那里觅得与此相似的声音，尽管在我们的狂乱历史之中，他们两位显得如此另类。

三

因为虔信某种总体的设计，我们写作冗长的书籍，哪怕书中的任何一页都不能带给我们写作的乐趣。除此之外，我们还你争我夺，聚敛财货，用政治权术填满自己的脑袋——全都是些十分无趣的活计。与此同时，泰戈尔先生却和印度文明本身一样，怡然自得地探索灵魂，让自己臣服于灵魂的自发兴致。很多时候，他似乎是在将自己的生活与另一些人的生活进行对比，后者按照更接近于我们的

❶肯皮斯（Thomas à Kempis，1380？—1471），日耳曼修士及作家；十字约翰（John of the Cross，1542—1591）为西班牙宗教改革家、作家、天主教圣徒。

❷这句引文出自《献歌集》第九十五首。

❸这句引文出自《献歌集》第四十三首。

❹西方历史上有多个圣方济各（St. Francis），此处应该是指以济贫为己任、视一切生灵为兄弟的意大利圣徒"阿西西的圣方济各"（Saint Francis of Assisi，1181/1182—1226）；威廉·布莱克（William Blake，1757—1827），英国大诗人及画家。

方式生活，在尘世中占据着看似更为显要的位置。对比的时候，他的态度总是十分谦逊，似乎是他有把握的只有一点，也就是说，他的道路对他自己来说是最好的："归家的路人瞥向我，对我莞尔而笑，使得我满心羞耻。我像叫化姑娘一样坐在那里，牵起裙裾掩住自己的脸，他们问我所求何事，我只是低眉垂眼，不言不语。"❶

　　另一些时候，他记起自己的人生也有过其他的样式，于是说道："我曾为善恶之争，耗去无数时辰；此时此刻，我空虚时日的游伴却欣然起兴，把我的心向他拉近，而我并不知晓，这突兀的召唤因何而起，为的是怎样琐屑徒然的目的！"❷这份天真，这份文学史上绝无仅有的质朴，使得鸟儿和草叶与他亲近，一如亲近儿童，并且把季节更替变成了惊天动地的大事件，使我们恍然间重回往昔，那时我们的思索，还没有将我们与季节隔绝开来。有些时候，我不免暗自狐疑，拿不准他这份特质究竟是来自孟加拉的文学，还是来自宗教；也有些时候，我联想到鸟儿在他兄长掌中降落的画面，于是便欣然设想，这是一份代代相传的禀赋，一个与漫

长岁月一同生长的谜题，如同特里斯坦和佩里诺❸
的骑士风范。

　　实在说来，当他谈论儿童的时候，这份特质与
他本人显得如此水乳交融，让人禁不住悬想，他是
不是同时也在谈论圣人：

　　　　他们用沙子建造屋宇，用空空的贝壳充当
　　玩具。他们微笑着放出枯叶编的小船，让它
　　去深海浮泛。在万千世界的海滨，孩子们尽情
　　嬉戏。

　　　　他们不会泅水，也不知如何撒网。采珠客
　　潜水觅珠，商人们扬帆远航，而孩子们捡拾石
　　子，又将石子随处丢弃。他们不搜寻隐秘的宝

❶这句引文出自《献歌集》第四十一首。

❷这句引文出自《献歌集》第八十九首。

❸特里斯坦（Tristan）和佩里诺（Pellinore，作者使用的写法是
"Pelanore"）都是西方传说"亚瑟王传奇"当中的骑士。

22

藏，也不知如何撒网。❶

威·巴·叶芝❷
一九一二年九月

---

❶此处引文出自《献歌集》第六十首。

❷威廉·巴特勒·叶芝（William Butler Yeats，1865—1939），爱尔兰著名诗人，1923 年诺贝尔文学奖得主。

一

　　你已令我臻于无限，你以此为乐。你不断倾空这只脆薄的杯盏，不断用新的生命将它注满。

　　你携着这管小小的芦笛，越过山岭，穿过谷地，用它吹出永远新鲜的乐曲。

　　你双手的永生触碰，使得我微小的心灵，在喜悦中脱去羁绊，生发无法道出的语言。

　　你将无穷无尽的馈贶，全数倾入我纤小的手掌。你倾注不停，一任岁月迁延，而我的掌心，依然有剩余的空间。

二

当你吩咐我歌唱，我觉得满溢的自豪，就要涨破我的心房；我看着你的脸，泪水盈眶。

我生命中的粗砺杂音，悉数融成和美的乐章；我的礼赞像快乐的鸟儿，展翅飞越大洋。

我知道，你乐于见我歌唱。我知道我必须充任歌者，才能享有觐见你的荣光。

触碰你的双足，是我不敢奢求的梦想❶，我的歌声却远远伸开翅膀，使我所望得偿。

陶醉于歌唱的喜悦，我忘乎所以地称你为朋友，而你，其实是我的主上。

三

我不知道，你在以怎样的方式歌唱，我的主上！我总是默默聆听，惊异莫名。

你音乐的辉光照亮世间，你音乐的生命气息流布诸天，你音乐的神圣泉流，冲破所有的铁石屏障，不停地奔向远方。

我的心渴望与你合唱，可惜它勉力歌吟，依然是暗哑无声。我想要开口说话，言辞却不成乐章，我只好发出绝望的叫嚷。唉，你已经把我的心，关进你音乐的无边筛网，我的主上！

四

我生命的精髓啊，我定要努力不懈，保持我躯体的纯洁，因为我知道，你鲜活的触碰遍及我的肢体。

我定要努力不懈，不让谎言沾染我的思绪，因为我知道，你就是那个真理，点亮我理性之光的真理。

我定要努力不懈，驱除我心中所有邪恶，让我的爱花开不败，因为我知道，在我心灵最深处的神祠里，设有你的座席。

❶用手触碰长者的双足是印度人表示敬意的传统礼节。这个礼节隐含的意思是长者走过了漫长的路途，见多识广，即便是长者脚上的尘土，也可以让小辈获得莫大的教益。

　　我还要竭尽全力，以我的作为彰显你，因为我知道，正是你的伟力，给了我有所作为的力气。

五

　　容我懈怠片刻，坐到你的身边，手头的工作，我会稍后做完。

　　看不见你的容颜，我的心不知何为休憩，我的工作也将变成，无涯苦海里的无尽苦役。

　　今天，夏日来到我的窗边，携着它的叹息与呢喃；花树丛生的庭院里，蜂儿歌吟正欢。

　　如今正是时候，容我静静坐到你的面前，在弥满天地的静寂闲暇里，唱出生命的礼赞。

六

　　采下这朵小花，把它拿去吧，不要拖延！我怕它萎谢凋残，坠落尘间。

　　纵然它无分跻身，你头顶的花冠，也请你伸手采折，以伤痛予它恩典。我怕白昼终结在我知觉之前，错过祭献的时间。

虽说它颜色未浓，香气浅淡，也请你将它及时采下，用于你的供献。

七

我的歌已经铅华尽洗，不再为衣饰自喜。饰品会破坏你我的契合，成为阻隔你我的藩篱；饰品的丁当声响，会淹没你的低语。

我身上那份诗人的虚荣，在你的容光之下羞愧而死。诗人之王啊，我已经坐到你的脚下。只求你容我整理我的生命，把它变得像芦笛一般简单正直，好让你为它，注入旋律。

八

穿王袍戴宝石项链的孩子，游戏时全无乐趣；他华贵的衣衫，缠得他一步一绊。

他担心衣衫破损，担心它沾上灰尘，于是便离绝世间，动一动都不敢。

　　母亲啊，你给的这身华美绑缚全无裨益，既然它使人深陷牢笼，与大地的宜人尘土隔离，又使人无权参与，人间烟火的盛大市集。

九

　　你这个傻子啊，竟想把自己扛上自己的肩膀！你这个乞儿啊，竟然到自家门口来讨赏！

　　你要把你的一切负担，留给那双担负一切的手掌，永远也不要，懊恨地回望。

　　你欲望的气息触及灯盏，立刻便扑灭灯光。

　　你的欲望亵渎神明，别接收它污秽双手送上的礼品，只领受神圣之爱的馈贶。

一〇

　　你的脚凳摆在这里，而你歇脚的处所，却在那些最贫贱的失意者，栖身的角落。

　　我想向你鞠躬，可我的礼敬太过浅薄，无法深入你与最贫贱的失意者，一同歇脚的角落。

　　骄矜永不能走近那里；在那里，你与最贫贱的失意者同行，身着寒微者的衣衫。

　　我的心永不能企及那里；在那里，你与最贫贱的失意者为伍，与无伴者为伴。

一一

　　停止唱诵，停止数念珠吧！在门扉尽掩的神庙里，在这个荒芜的暗隅，你是在为谁顶礼？睁开眼睛看看吧，你的神不在你的面前！

　　他在农夫耕耘板结土地的田间，在筑路工人开山凿石的场地。他与他们同受雨淋日晒，他的衣衫满是尘渍。脱掉你的法衣，追随他的步履，下到尘壤里去吧！

　　解脱？你说的解脱何处寻觅？我们的主上本人，已欣然领受万物的缧绁，与我们全体缚在一起，永不分离。

　　走出你的冥思，撇下你的花朵与香枝吧！纵使你衣衫渐渐污损，又有什么关系？在劳作与额上汗水之中与他相会，站到他的身边吧。

一二

我的旅程时日漫漫，路途遥远。

我乘上第一抹晨曦的车辇，穿越无数世界的荒原，在无数的恒星与行星，留下辙印万千。

最迢遥的路线，才通向离自己最近的地点；最繁复的习练，才使曲调臻于极致的简单。

旅人必须叩开每一扇陌生的门，才能找到自己的那一扇，必须踏遍每一个外在世界，最终才抵达至深的内殿。

我迷茫的视线，扫过广远的空间，最后我合上双眼，开口说道："你在这里啊！"

"喂，在哪里呀？"的疑问与呼喊，融成一千条泪水的河川，你那声"我在！"的笃定应许，也化作洪流涨泛——河川与洪流，一同席卷整个尘寰。

一三

我要唱的歌，至今不曾唱出。

我反复将琴弦松开上紧，白白耗费我的时日。

　　时机尚未来临，歌词尚未工稳，有的只是，我心里企盼的痛苦。

　　花儿尚未开放，只有那过路的风儿，声声叹息。

　　我尚未看见他的面影，尚未听见他的语声，只听见我门前的大路，响起他轻轻的足音。

　　我在地板上为他铺设座席，消磨漫长昼日，但灯盏尚未点起，我不能请他进门。

　　我活在与他相会的希望里，但我尚未迎来，相会的时辰。

一四

　　我的欲求名目繁多，我的呼告凄惨可悯，可你始终断然回绝，借此使我免于沉沦。你这份刚毅的慈悲，彻底贯穿我的生命。

　　日复一日，你使我免受过度欲求的伤损，使我越来越配称，你简单伟大的主动馈赠——这样的天空与光明，这样的躯体、生命与心灵。

　　有时我磨磨蹭蹭，有时我幡然猛醒，急切追寻我的目的，而你无情地藏起自己，不让我看见你的面影。

日复一日，你一再将我拒之门外，使我免受软弱欲求的伤损，使我越来越配称，你毫无保留的接引。

一五

我是来向你献歌的。在这座属于你的厅堂，我有个角落里的座席。

你的世界里没有我的活计；我无用的生命，只能迸发无谓的乐声。

当默祷的钟声，在午夜的黑暗神殿敲响，吩咐我吧，我的主上，吩咐我上前献唱。

当金色的竖琴，在晨风里调校完成，宠赐我吧，吩咐我列席旁听。

一六

我已收得此世盛宴的请柬，我的生命已蒙福荫。我目有所见，耳有所闻。

演奏我的乐器，是我在这场盛宴里的责任，我
已竭尽所能。

如今我要问，时辰是否终已来临，我可否入内
瞻仰你的容颜，向你献上静默的礼敬？

一七

我一心等待爱，想把我最终交到他的手里，所
以我如此迟延，所以我如此疏虞。

他们拿来他们的律法规矩，想把我牢牢绑起，
可我总是躲着他们，因为我一心等待爱，想把我最
终交到他的手里。

人们责备我，说我不听劝谕，而我深信不疑，
他们的责备合情合理。

市集已经打烊，忙碌的人们做完所有的活计；
唤我不应的人们，也已经悻悻离去。我一心等待
爱，想把我最终交到他的手里。

一八

乌云堆叠，天色阴霾。爱啊，你为何让我伫立门外，独自等待？

正午的繁忙时刻，我有众人相伴，但在这黑暗孤凄的日子，只有你是我的企盼。

若你不向我展露容颜，彻底将我撇在一边，我便不知如何打发，这雨涔涔的漫长钟点。

我不住瞻望昏暝远天，我的心漂泊辗转，与躁动的风一同哭喊。

一九

你若是不声不响，我会恬然忍受你的沉默，用它充实我的心房。黑夜耐心地低着头，用星光为你守望；我也会静静等候，像黑夜一样。

晨光定会来临，黑暗定会消亡，你的声音会化作倾泻的金泉，冲决天空的堤防。

于是你的话语，会张开歌声的翅膀，从我的每一个鸟巢启航；于是你的乐章，会迸成朵朵鲜花，在我的每一片森林开放。

二〇

莲花开放之日，唉，我竟然神思不属，懵然不知。我的花篮空空如也，花儿也无人搭理。

但哀伤时时袭来，将我从梦中惊起；我察觉到残余异香，留在南风里的依稀甜蜜。

这一缕依稀的甜蜜，让我渴望得心痛不已；我以为它来自希求完满的夏日，是夏日呼出的急切气息。

那时我不知它近在咫尺，不知它与我一体，不知这一缕完美的甜蜜，其实绽放在我自己的心底。

二一

我必须解缆放船。光阴怠惰，在岸上白白消磨，可叹的我啊！

春天已了却花事，道别离去；如今我背着无用残花的重负，迟疑犹豫。

潮声渐喧，岸边的荫蔽巷陌，黄叶簌簌飘落。

你眼前的景象何等空虚！一丝颤抖穿过空气，携着彼岸漂来的遥远旋律，莫非你不觉不知？

二二

你走在多雨七月的深深暗影里，步履轻悄，静默如夜，避开所有的守望者。

今天的清晨紧闭双眼，不理会喧哗东风的执拗呼唤；一张厚厚的面幂，遮住永远警醒的蓝天。

林地止住歌声，家家闭户掩门。这街道空无一人，只有你孑孑独行。我唯一的友人啊，我的至爱，我的屋子还开着门——请不要像幻梦一般，径直掠过我的门前。

二三

我的友人啊，这夜晚风狂雨横，莫非你还在外间，继续爱的旅程？天空哀叹连声，像一个绝望魂灵。

今夜我无法入眠，三番五次打开房门，张望门外的黑暗，我的友人啊！

我什么也看不见。我真想知道，你的路在哪里伸展！

我的友人啊，你前来找我的曲折路线，沿着墨黑河流的哪一侧昏暝河岸，循着阴沉森林的哪一道遥远边缘，穿过哪一层，迷宫一般的深邃黑暗？

二四

倘若时日终结，鸟儿不再鸣啭，风儿也倦怠衰减，请你用黑暗的帷幕，将我重重遮掩，正如黄昏之时，你用安眠的床衾包裹大地，又为低垂的睡莲，温柔地合上花瓣。

旅途尚未完成，旅人却资粮罄尽，精疲力竭，破烂的衣衫沾满灰尘，请你洗去他的羞耻与匮乏，让他的生命，在你仁慈夜晚被覆之下，像花儿一样新生。

二五

神疲力倦的夜晚，让我向睡眠俯首称臣，将我的信任托付给你。

别让我强打萎靡的精神，为你的礼拜做拙劣的准备。

正是你用夜晚的面幂，将白昼的倦眼遮蔽，好让它在喜悦更新的甦醒之时，回复视力。

二六

他来坐在我的身边，可我昏睡不醒。不幸的我啊，那场睡眠何等可恨！

他在静夜里来临，手里拿着竖琴，而我的梦境，与竖琴的旋律和鸣。

唉，为什么我的夜晚，总是这般虚掷？唉，他的气息轻拂我的睡眠，为什么我总是与他，缘悭一面？

二七

灯火啊，灯火在哪里呢？用欲求的烈焰点亮它吧！

空有灯盏，从无火焰半点，我的心啊，这难道就是你的运命！唉，死亡也远胜于你的处境！

苦难叩响你的房门，为你捎来消息，说你的主上未曾睡去，吩咐你穿过暗夜，赶赴他与你的幽期。

天空阴云密布，淫雨不休不止，我不知是什么在我内心躁动，我不知它的意义。

倏起倏灭的闪电，在我眼前投下更深的黑暗；我的心摸索寻路，想去往夜的音乐，召唤我去的地点。

灯火啊，灯火在哪里呀！用欲求的烈焰点亮它吧！雷声隆隆，呼啸的狂风冲过虚空，夜色黢黑，像燧石一般凝重。别让时辰，在黑暗中白白消磨，用你的生命，去点燃爱的灯火吧。

二八

枷锁顽固可恶，尝试打破它的时候，我却满心痛苦。

自由是我唯一的向往，企盼它的时候，我却羞愧难当。

我确信你身怀无价的财富，确信你是我最好的朋友，可我舍不得扫除，我满屋的花哨饰物。

我身上裹着一袭，尘土与死亡织成的尸衣，我对它满怀憎恨，却又眷眷地将它裹紧。

我债台高筑，大败亏输，身负隐秘的沉重耻辱；来找你祈福的时候，我却瑟瑟发抖，生怕我得偿所求。

二九

我用我的名字禁锢的那个人，在名字的囚牢里啜泣。我昼夜奔忙，努力建造名字的围墙，日复一日，围墙耸入穹苍。在围墙的暗影里，我从此失去，看见真我的眼力。

　　我为这名字的高墙自喜，为它抹上砂浆与灰泥，务必让这个名字，不留一丝缝隙。只因我如此殚精竭虑，我从此失去，看见真我的眼力。

三〇

　　我独自上路，赶赴我的幽期；是谁在寂静的黑暗里，跟着我亦步亦趋？

　　我左躲右闪，想摆脱他的尾随，只可惜白费力气。

　　他大摇大摆的脚步，使大地灰飞尘起；他把他聒噪的声音，塞进我每一句言语。

　　我的主上啊，他就是我那个渺小的自我，他从来不知羞耻；与他一同来到你的门前，却令我赧颜无地。

三一

　　"囚徒啊，告诉我，禁锢你的是谁？"

　　"是我的主上。"囚徒答道，"我自以为财雄势大，于世人中可为翘楚；我将属于我王的钱财，囤积在自家宝库。昏昏入睡之时，我躺进我主的床铺，醒来却发现，我成了自家宝库里的囚徒。"

"囚徒啊，告诉我，是谁锻造这牢不可破的链锁？"

"是我，"囚徒答道，"这链锁是我精心之作。我以为我无敌的力量，足以将整个世界俘获，使我安享自由，自得其乐。于是我用无情的重锤，还有熊熊的烈火，日夜锻造这条链锁。我终于大功告成，完美的链锁牢不可破，可我却发现，链锁缚住的是我。"

三二

尘世中爱我的人，千方百计将我抓紧；你的爱比他们深厚，表现却大相径庭，你让我保有，自由之身。

他们从不敢让我独处，生怕我忘记他们；你却任由光阴逐日流逝，始终不显露你的身影。

纵使我不向你呼告祈请，纵使我不把你珍藏在心，你对我的爱，依然在等待我的回应。

三三

白日里，他们走进我的屋子，开口说道："我们只会占用，最小的那个房间。"

他们说："我们会帮你礼拜你的神，谦卑地领受他的天恩，只领受我们，应得的那一份。"于是他们坐进角落，又安静又恭顺。

黑夜里，我却发现他们闯进我神圣的祠庙，又吵闹又蛮横，还怀着渎神的贪欲，攫取神坛上的供品。

三四

愿我的自我仅余毫末，好让我称你为我的一切。

愿我的意志仅余毫末，好让我随处感受你的存在，凡事求助于你，随时向你献出我的爱。

愿我的自我仅余毫末，好让我永不能将你掩盖。

愿我的枷锁仅余毫末，好让我永不脱离你的意志，好让你的目的，在我生命中开花结果——愿那仅余的毫末，是你爱的枷锁。

三五

在那里，心灵没有畏惧，头颅高高昂起；

在那里，知识任人求取；

在那里，世界浑然一体，不曾被狭隘的家国墙垣，割成寸缕；

在那里，言语出自深邃的真理；

在那里，不倦的努力向完美伸展双臂；

在那里，理性的清溪不曾迷途，不曾陷入僵死习气，化成的荒凉沙碛；

在那里，心灵受你的引领，迈向日益恢宏的行与思——

我的父啊，唤醒我的国家，让它进入那自由的天堂吧。

三六

我的主上啊，这便是我的祈求：
请你摧折，摧折我心灵贫乏的根由。
赐我力量，让我泰然承受欢乐与哀愁。
赐我力量，让我的爱在奉献中丰收。
赐我力量，让我永不遗弃弱者，永不向蛮力低头。
赐我力量，让我心灵升举，超越日常琐细。
赐我力量，让我满怀爱意地交出我的力量，供你的意志驱使。

三七

我曾经以为，我的力量已到极限，我的航程已达终点。我以为前路已绝，资粮已尽，遁入静寂暗隅的时刻，业已来临。

可我发现，你的意志在我内心无限延展。陈旧言语在舌尖死灭之时，新鲜旋律从心底吐绽；陈旧辙迹消失之处，新鲜的瑰奇山原，赫然显现。

三八

我盼望你，只盼望你，让我的心反复诵念，无休无止。日夜扰乱我的种种愿欲，全都是彻底的诞妄，彻底的空虚。

正如夜晚的黑暗，包藏着憧憬光明的祈愿，我昏昧心灵的深处，萦绕着声声呼喊——"我盼望你，只盼望你。"

正如风暴全力冲击和平，却又希求在和平里止息，我的反叛冲击你的爱，反叛的口号却依然是——"我盼望你，只盼望你。"

三九

当我的心板结干裂，请你携着慈悲的甘霖，快快降临。

当优雅从生命中消逝，请你携着喷薄的歌声，快快降临。

当狂乱的劳作喧嚣四起，隔绝彼岸的声音，我静默的主上啊，携着你的悠闲与安宁，快快降临吧。

当我乞儿般的心蜷缩匍匐，幽闭在角落里，我的君王啊，携着你王者的威仪，破门而入吧。

当欲望用幻象与尘埃，蒙蔽我的理性，神圣的你，警醒的你啊，携着你的光明与雷霆，快快降临吧。

四〇

我的神明啊，我干枯的心，许久不得雨水滋润。地平线赤裸刺目，见不到轻云最纤薄的荫蔽，见不到遥远甘霖，最朦胧的踪迹。

若是你希望如此，施放你愤怒的风暴吧，哪怕它笼着死亡的阴翳，再用闪电的长鞭，惊倒整个天宇。

只求你收回，我的主上啊，收回这充塞天地的无声炙热——它凝滞不动，酷烈无情，用全然的绝望烧灼心灵。

请你让慈悲的乌云，俯身向大地贴近，宛如父亲动怒之日，母亲的含泪面影。

四一

我的爱人啊，你站在众人之后，藏身暗影之中，究竟是在何处？他们走在尘土飞扬的道路，把你搡到一边，抢到你的前面，对你不屑一顾。我在倦乏的时辰里等待，摆开我为你准备的献礼，路人却一枝枝拿走我的花朵，我的篮中所剩无几。

晨光离去，正午消逝，昏暝暮色之中，我的双眼满含睡意。归家的路人瞥向我，对我莞尔而笑，使得我满心羞耻。我像叫化姑娘一样坐在那里，牵起裙裾掩住自己的脸，他们问我所求何事，我只是低眉垂眼，不言不语。

唉，说真的，我怎能告诉他们，我是在为你等待，而你已应允前来。我怎能自取难堪，说我的这份贫寒，便是我备下的妆奁？唉，我只能在心底的暗角，抱紧我这份自豪。

我坐在草地，向天空久久凝望，想象你到来之时，乍现的灿烂辉煌——灯火悉数点燃，金幡飘扬在你的车辇，他们目瞪口呆地站在路边，看着你走下宝座，搀起尘土中的我，看着你让这个衣衫褴褛的叫化姑娘，坐到你的身畔，看着我在羞耻与自豪之中颤抖，像夏日微风里的藤蔓。

只可惜时光飞逝，你辚辚的车声，始终不曾响起。纷纷无数的队列，从我身边扬长而去，嚣杂吵嚷，煊赫无比。莫非只有你，甘愿退居众人之后，在暗影中默默伫立？莫非只有我，甘愿在徒然的盼望中等待哭泣，磨折自己的心？

四二

晨间我们悄声约定，你我终将同船远行；世间无人能够知晓，那无方无向的求索旅程。

浮泛在那片无涯的大洋，面对你静静倾听的笑颜，我的歌必定妙韵弥满，像波涛一样自由，全不受词句羁绊。

时辰未到？工作未了？看哪，暮色已将海岸笼罩，残照之中，海鸟纷纷归巢。

谁知道缆索何时解脱，谁知道你我的小船，何时才会像最后一抹斜晖，在夜色之中隐没？

四三

那天我不曾做好，迎候你的准备；我的君王
啊，你不期而至，像凡俗众人一般进入我心，又在
我不知不觉之中，为我生命里的无数瞬息，盖上永
恒的印记。

今天我偶然碰见这些瞬息，认出你的印记。我
发现它们零落尘土，混入我业已忘却的琐细日子，
留下的悲喜记忆。

你不曾鄙夷地趋避，我在尘土里玩的幼稚游
戏；我在游戏室里听见的足音，与响彻群星的足音
无异。

四四

我喜欢如此这般，在路旁等待瞻望，看光影追
逐变幻，看雨水随夏日来访。

携着未知天空的音讯，信使们向我致意，随后
又匆匆前行。喜悦从我心底涌起，过路的微风，吐
露甜美的气息。

我坐在自家门前，从破晓直到黄昏；我知道我睁开慧眼的幸福时刻，终将突然降临。

等待之时，我独自微笑，独自歌吟。等待之时，空气中渐渐盈满，应许的芳馨。

四五

莫非你不曾，听见他无声的脚步？他走来，走来，脚步不停。

每一个时刻，每一个纪元，每一个白昼，每一个夜晚，他走来，走来，脚步不停。

借着千万种心绪，我唱过千万首歌曲；歌曲的所有音调，却始终在大声宣告："他走来，走来，脚步不停。"

明媚四月的芬芳昼日，他沿着林间的小径走来，走来，脚步不停。

雨幕昏黑的七月夜晚，他乘着隆隆的云车走来，走来，脚步不停。

是他的脚步，在无数悲伤时刻碾压我的心；是他双脚的辉煌触碰，使我的喜悦大放光明。

四六

我不知道，你是从怎样遥远的年代启程，不停地向我走近。你的太阳与群星，绝不能永远遮蔽你的形影。

许多个清晨黄昏，我听见你的足音；你的信使悄悄走进我的心，唤出我的姓名。

我不知道，我的生命为何在今日彻底苏醒；颤抖的喜悦，贯穿我的心灵。

我放下工作的时辰，仿佛已经来临；我依稀觉得，空气中漾起你光降的芳馨。

四七

我为他徒然等待，等得夜尽更残；我生怕我在晨间倦极入眠，他却突然来到我的门前。朋友们啊，给他留着门吧，不要将他阻拦。

若是我睡梦沉沉，没听见他的足音，请不要唤我起身。我不愿在鸟儿的闹嚷合唱中惊寤，不愿在欢庆晨光的喧腾风声里猛醒。容我静静酣眠，哪怕我的主上，突然来到我的门前。

我的睡眠，宝贵的睡眠啊，只等他的触碰来驱散。我紧闭的双眼啊，要等他站到我的面前，宛如从黑暗睡乡涌起的梦幻，才愿意打开眼睑，迎接他灿烂的笑颜。

愿他的身影，成为我眼中第一个形象，第一道光线。愿我初醒的灵魂，第一丝喜悦的震颤，起自他的顾盼。愿我在回归自我的瞬间，回归他的身畔。

四八

寂静的清晨之海，荡起鸟声的涟漪；路旁的花儿，无不满心欢喜。无数的黄金，从云隙洒向大地；我们匆忙赶路，不曾留意。

我们不唱欢歌，不做游戏，也不去村里交易。我们不言不笑，也不在路上延滞；时光飞逝，我们的脚步日益迅疾。

日上中天，鸽子在树荫里呢喃；乘着正午的热

风，枯叶飞舞盘旋。牧童借着榕树❶的荫凉，昏昏
然走进梦乡；我躺倒在水边的草地，舒展我倦乏的
肢体。

同伴们嘲笑我，对我嗤之以鼻。他们昂首前
行，不回顾也不休息；他们的身影，没入远方的蓝
色雾气。他们横越无数的山丘草地，穿过遥远的陌
生地域。无尽道路的英勇大军啊，荣耀皆归你们！
揶揄与斥责促我起身，我只是默然不应。我任由
自己，深深没入甘受的耻辱，深深没入朦胧喜悦
的暗影。

缀满阳光的绿荫，渐渐用宁静盖住我的心。我
忘记此行的目的，便交出我的心灵，听任它渐渐沉
入，暗影与歌声的迷阵。

最后我从沉睡中醒来，睁开我的双眼，看见你
站在我的身旁，用笑容淹没我的睡眠。以前我居然
如此担心，担心这道路漫长迢寒，担心奔向你的奋
斗，千难万险！

四九

你走下你的王座，站到我小屋门前。

我在角落里独自歌唱，歌声飞到你的耳边。你走下王座，站到我小屋门前。

你的殿堂大师云集，歌声永无间断，可你却垂爱，这新手的素朴礼赞。一支哀婉的小曲，融入世界的恢宏旋律；你手执奖掖的花朵，走下王座，停在我小屋门前。

五〇

我沿着村路挨门讨赏，你黄金的车辇远远显现，像一个辉煌的梦想，于是我暗自思量，车中的来者，不知是怎样的万王之王！

我心里希望满溢，觉得我的苦日子就要终止，于是我站在原地，等着你不请自来的施予，等着你

❶ "榕树"原文为"banyan"，指桑科榕属乔木孟加拉榕（*Ficus benghalensis*）。孟加拉榕原产印度次大陆，为印度国树。

将财宝，抛撒在尘埃里。

车辇停在我站立的地方。你瞥见我，微笑着走下车辇。我觉得我终于等来，毕生难再的鸿运。突然间，你竟然伸出你的右手，开口问道："你有什么可以给我？"

嗬，摊开手掌向乞丐乞讨，真是个适合王者的玩笑！我不明所以，犹疑地站在原地，然后才慢慢腾腾，掏出口袋里最小的一粒谷子，把谷子交到你的手里。

一天终结之时，我实是无比惊奇，因为我在地板上倒空我的口袋，发现那可怜的谷堆里，最小的一粒乃是金子。我不禁痛哭流涕，后悔我悭吝小器，没有将我的全部，奉献给你。

五一

夜已深，一天的工作已完成。我们以为，今夜不会再有客人；村里的人家，通通闭户掩门。有的人却说，君王将会来临，我们便笑着说："不，不可能！"

仿佛有人叩响房门，我们说那只是风声。我们熄灭灯火，躺下就寝。有的人却说："是他的信使在敲门！"我们便笑着说："不，肯定是风声！"

死寂的夜里，响起一个声音。我们在蒙眬中揣测，那只是远处的雷霆。大地颤抖，墙垣摇动，搅扰我们的睡梦。有的人却说，那是辚辚的车声，我们便昏沉沉地咕哝："不，肯定是乌云的轰鸣！"

鼓声响起之时，夜色昏黑依然，耳边传来一声呼唤："醒来吧！不得拖延！"我们以手拊膺，惊恐抖颤。有的人说："看哪，那是君王的旗幡！"我们站起身来，齐声叫喊："一刻也不能拖延！"

君王已经来临——可是，灯火在哪里，花环在哪里？供他使用的王座在哪里？羞耻啊！十足的羞耻啊！殿堂在哪里，陈设又在哪里？有个人说："叫嚷只是枉然！空着手去迎接他，领他走进你一无所有的屋子吧！"

打开房门，吹起螺号吧！深夜时分，我们凄凉黑屋的君王，已经大驾光临。天上雷声咆哮，黑暗在电光中战栗。拿出你破烂的草席，把它铺在院子里吧，我们可怖夜晚的君王，已经与暴风雨一起，不期而至。

五二

我本想向你讨要，你项上的玫瑰花环，可惜我不敢。所以我等到晨间，想在你离去之后，从床上寻找花环的残片。曙色之中，我像乞儿一般苦苦摸索，只为找一瓣两瓣，零花碎朵。

我的天啊，我有了怎样的发现？你的爱，留下的是怎样的纪念？不是花朵，不是香料，也不是香水瓶罐。我找到的是你的神威之剑，像火焰一般精光闪闪，像雷霆一般沉重难堪。熹微晨光透过窗扉，将你的床榻铺满。晨鸟啁啾发问："女子啊，你有什么发现？"不，不是花朵，不是香料，也不是香水瓶罐——是你的森然利剑。

我满心惊奇地坐在那里，思索你这件礼物的意义。我没有收藏它的地方，羞于将它佩在我柔弱的躯体；我试着把它抱在怀中，它却使我疼痛不已。虽是如此，我定会在心里保藏你的馈赠，保藏这一份，承当痛苦的荣幸。

自今而后，我在此世再无畏惧；我所有的奋斗，结局都会是你的胜利。你留下死亡与我作伴，我会用生命为他加冕。我会凭你的利剑斩断缧絏，我在此世再无畏惧。

自今而后，我弃绝所有的琐屑花饰。我心灵的主上啊，我不会再在角落里等待哭泣，不会再有忸怩甜腻的举止。你已赠予我饰容的利剑，我不再需要玩偶的妆扮！

五三

你的手镯美不胜收，缀满星星，以七彩宝石精工制成。可我觉得，更美的是你的宝剑；它拥有闪电的弧线，宛如毗湿奴神鸟❶那伸展的翅翎，映着绯红如怒的晚照，完美悬停。

它轻轻抖颤，宛如死亡施放最后一击之时，沉

❶毗湿奴（Vishnu）为印度教主神之一，毗湿奴的坐骑是名为"迦楼罗"（Garuda）的金翅大鹏鸟。迦楼罗象征生命、光明和灵性，与象征死亡、黑暗和肉欲的蛇为敌。

浸于剧痛狂喜的生命，作出的最后回应。它精光闪闪，宛如存在的纯净火焰，以一次炽烈的爆发，烧尽尘世的六欲七情。

你的手镯美不胜收，缀满星光璀璨的宝石，可你的宝剑，雷霆之主啊，却美得登峰造极，叫人不敢观瞻，不敢思议。

五四

我不曾向你乞求施予，不曾在你耳边吐露我的名字。你向我道别的时候，我只是默然伫立。那时我独自一人，站在树影横斜的井边；汲水的妇人都已归家，携着满满的褐色陶罐。她们呼唤我，高声叫嚷："跟我们一起走吧，清晨已过，快到中午啦。"我却懒洋洋地留连延宕，沉浸于恍恍惚惚的冥想。

你来的时候，我不曾听见你的足音。你的目光落在我身上，目光里含着愁闷；你开口对我说话，声音疲惫低沉："唉，我是个口渴的旅人。"我从白日梦中惊醒，拿起我的水罐，把水倒进你捧起的手掌。头顶的树叶沙沙作响，杜鹃在看不见的暗处歌唱，道路转弯的地方，飘来金合欢❶的芬芳。

你问起我的名字，我悄立无言，满心羞惭。说真的，我这算什么奉献，哪里值得你的忆念？可我有幸为你倒水，消解你的干渴，这份回忆会贴紧我的心，用甜蜜将它包裹。近午的鸟声疲乏慵倦，头顶的楝叶❷沙沙作响，我坐在井边，想了又想。

五五

怠惰笼罩着你的心，你的眼依然睡意沉沉。

盛放的花儿在荆棘丛中当家作主，莫非你尚未听闻？醒醒，快醒醒吧！千万别虚度良辰！

我的朋友坐在石径尽头的原野里，独守亘古的

❶金合欢的原文是"*babla*"，指阿拉伯金合欢，拉丁学名 *Acacia nilotica*，为金合欢属小乔木或乔木，开芳香的黄花，是印度的传统药物。

❷楝的原文是"*neem*"，指印度苦楝，拉丁学名 *Azadirachta indica*，为楝属乔木，也是印度的传统药物。

凄清。千万别将他欺蒙。醒醒，快醒醒吧！

纵使正午的烈日，令天空喘息战栗，那又如何——纵使灼人的沙碛，将它焦渴的披巾铺满大地，那又如何——

难道说，你心底全无欢乐？你踏出的每一步，岂不都会让道路的竖琴，迸发痛苦的甜美乐音？

五六

如是这般，你对我的爱悦充溢弥满；如是这般，你屈尊来到我的身边。你这诸天之主啊，若是没有我，你的爱该向何处寄托？

你将我引为侣伴，与我分享你全部的丰盈。你的喜悦在我心房里不住嬉游；你的意志在我生命中不断显形。

正因如此，你这万王之王盛自修饰，好让我为你心醉神迷。正因如此，你的爱在你爱侣的爱里消融，你也在你我的完美契合里，显露你的真容。

五七

光明啊，我的光明，盈满世界的光明，爱抚眼目的光明，甘透心田的光明！

我的宝贝啊，光明在我生命的中心翩跹；我的宝贝啊，光明拨响我爱的琴弦。天空豁朗，风疾若狂，笑声在大地遍传。

蝴蝶在光明的海洋，扬起翅膀的风帆。百合与素馨●，冲上光明的浪尖。

我的宝贝啊，光明迸裂飞散，为朵朵云霞镶上金边，又将无数的宝石，撒向四方八面。

我的宝贝啊，欢笑流过片片树叶，快乐无从数算。天堂的河川漫过堤岸，喜悦的洪流自由涨泛。

五八

让所有的欢乐旋律，悉数融进我最后的歌

● "素馨"原文为"jasmine"，泛指木犀科素馨属（*Jasminum*）各种植物的花朵，比如茉莉。

曲——使大地浮泛在汹涌草海的欢乐，使生与死这对孪生兄弟在广大世界共舞的欢乐，与暴风雨一同袭来、以笑声震醒所有生命的欢乐，在怒放的痛苦红莲上含泪端坐的欢乐，以及将一切所有抛落尘埃、一字不识的欢乐。

五九

我明白，我心爱的人啊，我明白这都是你的爱——这翩跹叶上的金光，这悠游天空的闲云，这清凉拂面的过路轻风。

涌流的晨光，注满我的眼睛——这是你向我的心，发来的音讯。你的脸庞探向下界，你的眼俯看我的眼，我的心啊，触到了你的足尖。

六〇

孩子们欢聚，在无穷世界的海滨。无垠的天空寂然不动，躁动的海水汹涌喧腾。孩子们高呼雀跃，欢聚在无穷世界的海滨。

　　他们用沙子建造屋宇，用空空的贝壳充当玩具。他们微笑着放出枯叶编的小船，让它去深海浮泛。在万千世界的海滨，孩子们尽情嬉戏。

　　他们不会泅水，也不知如何撒网。采珠客潜水觅珠，商人们扬帆远航，而孩子们捡拾石子，又将石子随处丢弃。他们不搜寻隐秘的宝藏，也不知如何撒网。

　　大海高高涌起，笑声朗朗；海滩莞尔而笑，笑容是闪闪的柔光。夺命的波涛，为孩子们唱起不知所云的歌谣，好似一位母亲，晃着摇篮哄孩子开心。大海与孩子们一同嬉戏，海滩莞尔而笑，笑容是闪闪的柔光。

　　孩子们欢聚，在无穷世界的海滨。暴风雨在无路可循的天空浪荡，船舶在无辙可依的海上沦亡，死亡四处横行，孩子们嬉戏不停。孩子们举行盛大的欢聚，欢聚在无穷世界的海滨。❶

❶这首诗与《新月集》中的"海滨"完全相同。

六一

倏然拂上婴孩双眼的睡眠——可有人知晓它来自何方？是的，传言说它住在林荫深处，某一个童话小村，村里点着暗淡的萤灯，挂着两个会施魔法的羞怯花蕾。它就是从那里启程，来亲吻婴孩的眼睛。

闪烁在熟睡婴孩唇边的微笑——可有人知晓它降生何地？是的，传言说一弯新月放出一缕初生的微光，照到一片渐散秋云的边缘，微笑便在露水浣濯的晨梦里，第一次降临世间——这微笑，闪烁在熟睡婴孩的唇边。

绽放在婴孩肢体的甜柔朝气——可有人知晓，它在何处久久藏匿？是的，母亲还是个小姑娘的时候，它化身为温柔静默的爱之奥秘，漫溢在母亲的心底——这甜柔的朝气，如今已绽放在婴孩的肢体。❶

六二

当我带给你七彩的玩具，我的孩子啊，我懂得

云水为何如此绚烂，花儿为何五色斑斓——当我带
给你七彩的玩具，我的孩子。

　　当我的歌声让你起舞，我真正懂得树叶为何奏
出乐音，波涛为何将合唱，送入静听大地的心——
当我的歌声让你起舞。

　　当我把糖果，放进你贪心的手掌，我懂得花儿
的杯盏，为何盛着蜜糖，果实又为何，悄悄贮满甜
浆——当我把糖果，放进你贪心的手掌。

　　当我亲吻你的脸，让你喜笑开颜，我的宝贝
啊，我确然懂得从天而降的晨光，心里怀着怎样
的欢愉，夏日的微风，带给我身体的是怎样的惬
意——当我亲吻你的脸，让你喜笑开颜。❷

❶这首诗与《新月集》中的"源头"完全相同。

❷这首诗与《新月集》中的"顿悟"完全相同。

六三

你使我获得陌路友朋的赏识，在他人家中为我备下座席；你将天涯变成咫尺，将生人变成兄弟❶。

必须离开久住旧居之时，我心里慌乱不已，全忘了新居里住着旧识，你也在那里栖居。

从生到死，从此世到彼世，无论你将我引向哪里，你始终是我无穷生命的唯一伴侣，始终用喜悦的纽带，把我的心与陌生事物连为一体。

一旦认识了你，世间再没有异类，再没有紧闭的门扉。允准我的祈求吧，让我在芸芸众生的纷繁戏剧里，永不失去与唯一的你，息息相通的福祉。

六四

荒僻河流穿行在深深的草丛，我在岸边坡地上问她："姑娘啊，你用披巾遮着灯，是要去哪里呢？我的屋子凄清无伴，漆黑一片——把你的灯借给我吧！"暮色之中，她抬起乌黑的双眼，看了看我的脸。"我来河边，"她说道，"是要趁夕阳西下，放我的灯去水面浮泛。"我孑然独立在深深的草丛，看她那盏灯的微弱火焰，白白地随波漂远。

夜色渐浓的寂静时分，我问她："姑娘啊，你的灯火都已点燃——既是如此，你拿着灯去哪里呢？我的屋子凄清无伴，漆黑一片——把你的灯借给我吧。"她抬起乌黑的双眸看我的脸，一时间踌躇不言。"我来这儿，"她终于说道，"是要把我的灯献给上天。"我站在那里看她的灯，在虚空里白白燔燃。

没有月光的漆黑午夜，我问她："姑娘啊，你为何把灯举在胸前？我的屋子凄清无伴，漆黑一片——把你的灯借给我吧。"她停下来思忖片刻，在黑暗中凝视我的脸。"我带着这盏灯，"她说道，"是为了参加灯火狂欢。"我站在那里，看她那小小的灯盏，白白地没入，灯火的盛筵。

❶ 1913 年的诺贝尔文学奖颁奖晚宴于 12 月 10 日在斯德哥尔摩的格兰德饭店举行，英国使馆代办克莱夫在晚宴上朗读了泰戈尔用电报发去的致辞，全文如下："恳请尊驾向瑞典皇家科学院转达我深挚的谢意，他们的宽阔襟怀已将天涯变成咫尺，将生人变成兄弟。"

六五

我的神明啊，你想从我满溢的生命壶觞，畅饮怎样的玉液琼浆？

我的诗人啊，借由我的双眼，观看你自己的造物妙笔，悄立在我耳边，倾听你自己的永恒旋律，可是你莫大的乐趣？

你的世界在我心里编织词句，你的喜悦为词句配上乐曲。你凭着爱把自己交托给我，又通过我来感受，你自己的完满温柔。

六六

我的神明啊，始终留在我生命深处的她，留在微光明灭的暝色里的她，从不在晨光中揭去面幂的她，会成为我给你最后的献礼，缄封在我最后的歌曲里。

种种甘言求取她的垂青，尽皆无果而终；劝诱向她伸出渴慕的双臂，也是徒然无用。

我漫游四方，始终把她藏在心房的中央；我的生命，围绕她起落消长。

她主宰我的思与行，主宰我的眠与梦，同时又超然远引，孑然独居。

无数人叩响我的房门，想一睹她的芳姿，最后都绝望离去。

她的容颜，世间无人得见；她始终苦守孤寂，等待你的赞誉。

六七

你是天空，也是巢窠。

美丽的你啊，巢窠里有你的爱——你的爱用色彩、音声和气味，将灵魂紧拥在怀。

清晨会在巢窠里降临，右手挎着金篮，携来美之花环，静静为大地加冕。

黄昏会在巢窠里降临，越过牛羊已去的空寂草地，沿车马绝迹的小径赶来，她的金罐盛着清凉的安神之饮，取自西方的安息之海。

但在无垠天空铺展之处，在灵魂翱翔的世界，纯白无疵的光辉，统摄一切。那里无昼无夜，那里无形无色，那里永永远远，无有片语只言。

六八

你的日光伸展手臂，照临我这片大地。漫漫长日，它始终站在我的门前，好把我的泪水、叹息与歌声化成的云雾，带回你的脚边。

你拿起这朦胧云雾，满心的喜悦爱怜；你把它当作披巾，围在你星光熠熠的胸前。你将它折来叠去，做出无数的式样和裥褶；你为它涂染，变幻无尽的颜色。

这云雾轻如鸿毛，转眼消散，泪光莹莹，纤薄幽暗。正因如此，澄明无疵的你啊，你对它分外爱惜。正因如此，它才能凭借它可怜的暗影，遮盖你可畏的白光。

六九

同一道生命之泉，日夜流贯我的脉管，同时也流贯整个世界，舞姿翩翩，合拍应节。

同一个生命，在喜悦中冲破大地埃尘，扬起无数青草的戈矛，迸成喧腾的花叶波涛。

同一个生命，漂浮在出生与死亡的大洋，随潮汐起起落落，仿佛在摇篮中摆荡。

我觉得我的肢体光彩荣耀，因为这生机勃发的世界，将它轻轻拥抱。我满心自豪，因为亘古不息的生命脉搏，此刻在我血液中舞蹈。

七〇

莫非你不能，感染这节拍的欢乐？莫非你不能，投入这可怕喜悦的漩涡，任自己片片碎裂，颠簸沉没？

万物飞奔向前，永不停步，永不回顾，它们飞奔向前，无可遏阻。

和着这躁动不宁的急骤旋律，季节翩跹来去。色彩、乐音与芬芳，怀着时刻迸散、时刻抛舍、时刻消亡的丰沛喜悦，化作无穷无尽的瀑水，滚滚倾泻。

七一

我竟然骄矜狂妄，将自己转向四面八方，使得我斑斓的暗影，染污你的辉光——你布设的幻象❶，着实难以抵挡。

你在你自身存在的内部，树起一道屏障，又用千万种曲调，呼唤你隔绝在外的自我。你这番自我隔绝，体现在我的身上。

你痛切的歌声响彻穹苍，袅袅的回响，化作七彩的泪水与笑容，七彩的忧惧与期望。梦起梦灭，潮落潮涨，你自取的挫败，体现在我的身上。

夜与昼的画笔，为你的屏障画上无数图案。你的座席铺设在屏障后面，以瑰奇奥妙的曲线织就，弃绝所有的单调直线。

你和我的盛大游行，横越整个天宇；你和我的旋律，震动所有空气；你和我的迷藏游戏，贯穿所有世纪。

七二

正是他，至深之处的居人，用深藏的触碰，唤醒我的生命。

正是他，用魔法迷住我的眼睛，又借我的心弦欣然奏响，苦乐交织的抑扬乐音。

正是他，用瞬息变换的金银蓝绿，织出这幻象的纱幕❷，又从这千层万叠的纱幕里，微微探出他的双足。得到他双足的触碰，我顿时忘怀自身。

岁月荏苒，始终都是他，换用无数的名字与装扮，在无数深悲极乐的时分，撼动我的心。

七三

断念灭欲，绝不是我的解脱之道。我身受万千

---

❶"幻象"原文为"*maya*"，是来自梵文的一个印度教词汇，或译"摩耶"，指感官世界转瞬即逝的纷纭表象，大体相当于佛经所说的"色"。这节诗里的"幻象"，也就是下一节当中的"屏障"。

❷这句诗里的"幻象"，原文也是"*maya*"。

欢愉的绑缚，却感到自由的拥抱。

你不断为我斟倒，你缤纷馥郁的美酒，使得我的陶杯，满溢欲流。

凭借你的火焰，我的世界会点起百千灯盏，再将它的灯盏，供在你神庙的圣坛。

不，我绝不关闭我感官的门户。我眼见耳闻身触的欢愉，全都是孕育你欢愉的沃土。

是的，我所有的幻觉，终将燃成喜悦的明悟；我所有的嗜欲，终将结成爱的果实。

七四

白昼消逝，暗影笼罩大地。时辰已到，我须当去往河边，汲满我的水罐。

携着流水的哀婉乐音，傍晚的轻风充满企盼。噢，它是在呼唤我走出家门，呼唤我步入黄昏。小径凄清，不见人行，风紧波翻，河面水纹凌乱。

我不知应否转头归家，也不知此去邂逅何人。一叶小舟，泊在浅水的渡口，舟中那个不相识的人，正在弹他的鲁特琴。

七五

你赐予我等凡人的嘉礼，满足我们一切所需，最终又回到你的手里，没有分毫损失。

河川有它每天的工作，匆匆穿过田地与村庄，可它蜿蜒不断的水流，始终奔向你浴足的地方。

花儿吐露芬芳，为空气增添甜蜜，可它最终的使命，还是将自己献给你。

礼拜你，不会令世界贫瘠。

人们随心所欲，各自诠释诗人的字句；诗句的最终意义，却始终指向你。

七六

一天过了又是一天，我的生命之主啊，我可否站到你的面前？万千世界之主啊，双掌合十的我，可否站到你的面前？

头顶你孤高岑寂的广袤苍天，满心谦卑的我，可否站到你的面前？

身当此世，这属于你的劳碌尘世，这充满艰辛挣扎的喧阗尘世，厕身奔忙人群的我，可否站到你的面前？

当我完成此世的工作，万王之王啊，孑然无语的我，可否站到你的面前？

七七

我只知你是我的神，所以对你敬而远之——我不知你属我所有，所以从不与你亲近。我只知你是我的父，所以在你脚下匍匐——我从不把你当作朋友，从不与你握手。

我从不站到你降临之处，承认你属我所有，将你揽在胸前，引为同俦。

你是我兄弟中的一员，可我从不关心我的兄弟，从不与他们分享我的收入，由此便不能，与你分享我的全部。

无论甘苦，我从不与众人并肩奋斗，由此便不能，与你并肩奋斗。我怯于奉献我的生命，由此便不能，纵身投入生命的洪流。

七八

创世之始，璀璨群星初次闪现，众神在天上集会，高歌赞叹："啊，多么完美的画图！多么完满的欢乐！"

其中一位突然叫道："星光的链条，仿佛缺了一环，仿佛有颗星星，消失不见。"

竖琴的金弦陡然折断，歌声戛然而止，众神惊慌发喊："是啊，不见的是最美的星星，她可是诸天的至宝啊！"

从那天起，找她的历程从未中断；痛惜的叫喊口口相传，大家都说没了她，世界就没了唯一的欢乐！

最深的静夜里，群星却莞尔而笑，窃窃私语："找也是白费力气！一切都完美无缺啊！"

七九

此生若无分与你相见，让我永远记得，我与你缘悭一面——让我一刻不忘，时时领受这哀痛的熬煎，无论是醒是眠。

当我将日子消磨在此世的闹市，双手捧满每天的利钱，让我永远记得，其实我分毫未赚——让我一刻不忘，时时领受这哀痛的熬煎，无论是醒是眠。

当我坐在路边，力倦气喘，当我匍匐尘土之间，将我的床席铺展，让我永远记得，前方依然长路漫漫——让我一刻不忘，时时领受这哀痛的熬煎，无论是醒是眠。

当我的屋子张灯结彩，急管繁弦，笑声喧阗，让我永远记得，我尚未将你请进房间——让我一刻不忘，时时领受这哀痛的熬煎，无论是醒是眠。

八〇

我好比秋云的一丝残缕，徒然漂泊在天空里，我永远灿烂的太阳啊！你的触碰尚未蒸干我的水汽，让我与你的光辉融为一体，所以我只好数算，与你分离的月月年年。

若这是你的希望，若这是你的游戏，你尽管拿起我转瞬即逝的空虚生命，为它着色镀金，放它去狂风里飘飞，将它铺展成种种瑰奇。

夜晚来临之时，若是你希望停止游戏，我便会消融在黑暗里，又或许，我会融进洁白晨曦的一抹微笑，融进一丝纯净透明的凉意。

八一

许多个怠惰的日子，我为虚掷的光阴痛惜。可是，我的主上啊，光阴从未虚掷。你已将我生命中的每时每刻，拢到你自己手里。

你深藏在万物的心底，将种子育成幼芽，将蓓蕾养成鲜花，将鲜花催成累累果实。

疲惫的我，在怠惰的床榻睡去，以为一切工作都已停息。清晨醒来，我却发现我的园里，处处是鲜花的奇迹。

八二

我的主上啊，你手中的光阴无穷无尽。无人能数算你的时分。

昼夜消隐，岁华开谢纷纷。你懂得等待的窍门。

你消磨一个又一个世纪，只为令一朵小小野花，开得完美无瑕。

我们没有时间可供荒废；没有时间的我们，只能够手忙脚乱，为机会苦苦争竞。我们实在困乏可悯，绝不敢误了行程。

牢骚满腹的人们索取我的时间，我对他们有求必应。便是如此，我耗尽我的光阴，而你的祭坛之上，始终不见分毫供品。

白昼的尽头，我在恐惧之中匆匆前行，生怕你已经关上大门。但我蓦然发现，时间尚未告罄。

八三

母亲啊，我要用我哀伤的眼泪，为你串一条珍珠项链。

星星用光芒做成脚镯，将你的双足装点；我的礼物，却会挂在你的胸前。

财富与声名自你而来，予或不予，都凭你自己心意。但我的这份哀伤，完完全全属于我自己，我把它敬献给你，你便以悲悯予我奖励。

八四

是分离的苦痛，弥漫整个世界，在无垠的穹苍，孕育万象千形。

是这份分离的哀恸，整夜凝望点点星辰，在雨瞑七月的籁籁叶声里，默默生发宛转诗情。

是这份铺天盖地的痛苦，凝成种种爱欲，凝成人间的磨难与欢欣。正是这份痛苦，不断地消融成歌，流过我诗人的心。

八五

刚刚走出主上厅堂之时，战士们将自己的力量藏到了哪里？哪里是他们的甲胄和兵器？

走出主上厅堂的那一天，他们的模样凄惨无依，无数的箭矢射向他们，纷纷如雨。

齐步返回主上厅堂之时，战士们将自己的力量藏到了哪里？

他们已放下刀剑，放下弓矢，和平写在他们的
额头。齐步返回主上厅堂的那一天，他们已将自己
生命的果实，撇在身后。

八六

死亡，你的仆役，站在我的门前。他越过未知
的大洋，来我家传达你的召唤。

夜色昏暝，我的心惴惴不安，可我还是会端起
灯盏，打开房门，躬身欢迎他的来临。站在我门前
的，是你的信使啊。

我会礼拜他，双掌合十，泪水潸潸。我会礼拜
他，将我心灵的至宝，供奉在他的脚边。

他会完成使命，踏上归程，在我的晨光里留下
一道暗影。我凄凉的屋子里，剩下的只会是一无所
有的我，留作我对你最后的祭献。

八七

怀着无望的希望，我在我房里寻找她，将所有

角落寻遍；我找她不见。

我的房子小得可怜，事物一旦从房里消失，便永远找不回来。

可是，我的主上啊，你的华厦广大无边。为了找她，我来到你的门前。

你的雨篷是金色的暮天，我站在雨篷下面，抬起渴盼的双眼，望着你的脸。

我已来到永恒的边缘——什么也不能从永恒里消散，无论是希望，是幸福，还是在泪光里望见的容颜。

啊，将我空虚的生命浸入这片大洋，让它没入这至深的完满吧。就这么一次，让我融入宇宙的整体，感受那失落的甜蜜触碰吧。

八八

圮庙的神明啊！折断的琴弦不再奏响你的赞歌；晚钟不再宣告礼拜你的时辰；在你的周围，空气也凝滞无声。

浪游的春风吹进你荒寂的居所，捎来花儿的音讯，只可惜花儿朵朵，不再是礼拜你的供品。

你以往的香客不停流浪，企盼仍未颁下的恩赏。黄昏时的昏暝大地，交织着暗影与火光，他疲惫地回到你的圮庙，心里是徒然的渴望。

圮庙的神明啊，无数个节庆的日子，静悄悄来到你的庙宇；无数个礼拜的夜晚，在无灯的黑暗中消逝。

无数个新起的偶像，由能工巧匠应时备办，又在气数罄尽之时，被人扔进神圣的忘川。

只有这圮庙的神明，守着无人礼拜的永恒冷清，岿然独存。

八九

不得高声喧哗，这便是我主上的旨意。从此以后，我总是轻言细语，只会用低吟浅唱，诉说我的衷曲。

人们匆匆赶往君王的墟市，买家卖家纷纷麇集，我却在繁忙的正午，早早离去。

既是如此，让我园里的花儿开放吧，虽然说未到花时；让正午的蜜蜂，哼起慵懒的小曲。

我曾为善恶之争，耗去无数时辰；此时此刻，我空虚时日的游伴却欣然起兴，把我的心向他拉近，而我并不知晓，这突兀的召唤因何而起，为的是怎样琐屑徒然的目的！

九〇

死亡叩响你家门的那一天，你要拿什么向他奉献？

噢，我要在这位客人面前，摆上我满溢的生命之杯，绝不会让他，空手而回。

当我的日子走到终点，当死亡叩响我的家门，我会把我所有的秋日夏夜，酿出的所有佳酝，还有我忙碌一生，所有的收获与积攒，摆到他的面前。

九一

死亡啊，我的死亡，你是生命最后的辉煌，来吧，来对我低诉衷肠！

日复一日，我始终为你守望，为你担承，生命的苦痛与欢畅。

我全部的自我、全部的家当、全部的希望，还有我全部的爱，始终循着深藏的秘径，悄悄地向你流淌。你的眼投来最后的一瞥，我的生命便归属于你，直至地老天荒。

鲜花已经编结整齐，新郎的花环准备停当。行过婚礼，新娘就要抛舍家乡，在夜的孤寂里，独自觐见她的主上。

九二

我知道终有一日，此世会从我眼中消逝，生命会默默告辞，在我眼前拉上最后的帘子。

但星星依旧夜夜守望，晨光依旧绽放天边，时辰依旧像翻涌的海浪，将苦乐抛上沙滩。

当我想到我的时刻，终将如此收场，时刻的翳障，便在我眼前土崩瓦解，我便借死亡的光亮，看到你的世界，看到它毫无矫饰的宝藏。在你的世界，最卑下的座席也是珍奇；在你的世界，最卑微的生命也是珍奇。

我求之不得的种种物事，我业已获得的种种物事——随它们去吧。只求让我真正拥有，那些我一向鄙弃、一向忽视的物事。

九三

我的告假已蒙允准。祝我一路平安吧，弟兄们！我向各位躬身作别，就此登程。

喏，我交还我房门的钥匙——我放弃自家房舍，所有的权利。我仅仅祈请，你们最后的好言好语。

我与各位长久为邻，可惜我领受的恩惠，超出我施与的能力。天已破晓，照亮我暗隅的灯盏已燃尽；召命已到，我准备即刻动身。

九四

此番离别之际，祝我好运吧，朋友们！破晓的天空脸泛红晕，前方的道路美好迷人。

别问我要带什么去那里；此去我无物傍身，有的只是空空的两手，和一颗期盼的心。

我不穿旅人的红赭衣衫，倒要戴上婚礼的花环；途中虽有险阻，我心却无畏怖。

当我抵达终点，昏星将会闪现；暮歌的哀婉旋律，将会在我王的门庭奏起。

九五

跨入此生门槛之时，我不知自己身在何地。

什么样的力量将我催开，使我身陷这浩瀚谜题，像一粒小小的蓓蕾，绽放在午夜的林海！

看到清晨的曙光，我立刻觉得此世似曾相识，觉得那无名无形的神秘，已经化身为我的生母，将我揽在怀里。

死亡到来之时，同一种神秘，会再次显现为向来的旧识。我热爱此生，所以我深知，我也会热爱死亡。

母亲从婴孩嘴边挪开右乳，婴孩嚎啕大哭，转眼又会，从母亲的左乳得到安抚。

九六

当我离开此地，容我如是道别，说我此行不虚，所见无与伦比。

我曾捧起这朵开在光明之海的莲花，品尝它珍藏的花蜜，所以我幸运之极——容我如是道别。

我曾在这间千形万象的游戏室，尽情玩耍，还曾在这里，瞥见无形的他。

我的躯体和四肢，曾感受无法触及的他，曾为他的触碰，欣喜战栗；末日若在此刻来临，那便任它来临——容我如是道别。

九七

与你一起游戏之时，我从未问你姓甚名谁。我不懂害羞，不知畏惧，我的生命喧哗恣肆。

你总在清晨把我唤醒，就像我专属的游侣，总是领着我，跑过一片又一片林间空地。

那些日子，我从未起意了解，你唱给我的歌曲有何意义。可我的歌声，追随你的乐曲；我的心翩翩起舞，和着你的节律。

此时此刻，游戏时间已经终止，我眼前的乍现奇景，到底是怎么回事？整个世界低眉注视你的双足，携着它所有的星星，在你面前默然肃立。

九八

我要把我的失败编成花环，用这件战利品来装点你。逃脱你的征服，从不是我力所能及。

我确信我的骄矜终将碰壁，我的生命终将在剧痛中挣脱缧绁，我空虚的心终将奏起呜咽的衷曲，像一枝中空的芦苇；我确信，磐石终将融成泪水。

我确信，千瓣的莲花终将开放，终将呈露贮蜜的幽隐莲房。

碧空里会有一只眼睛向我凝望，无声地唤我前往。我将失去一切，一切尽失，我将从你的脚下，领受彻底的死亡。

九九

放下舵柄之时，我分明知道，你接手的时刻已经来临。需要做的事情，瞬间就会做完；我的挣扎枉自徒然。

既是如此，我的心啊，拿开你的双手，默默地接受失败吧，你须当安坐在自己的位置，纹丝不动，欣幸不已。

每一缕微风，都把我灯盏悉数吹熄；我一再尝试重新点灯，忘记了一切其余。

这一次，我却会明智行事，我会在黑暗里等待，在地上铺开我的草席。无论你何时兴起，我的主上啊，你只管悄然前来，来这里就座吧。

一〇〇

我纵身扎进形象海洋的深处，想采到那一粒，属于无形者的完美珍珠。

我这只载满风霜的小船，不再在港口之间转徙；乘潮逐浪的日子，早已经离我而去。

如今我渴望，由死亡融入不死。

我会携着我生命的竖琴，走进无底深渊侧畔的觐见厅堂——无调丝弦的乐音，在厅堂里汹涌激荡。

我会把竖琴调成那永恒的音调，让它哀声道出最后的言语，再把我归于静默的竖琴，供奉在静默者的脚底。

一〇一

一生一世，我凭着我的歌曲找寻你。歌曲引领我走过千门万户，我凭着歌曲四处摸索，探查我的世界，触碰我的世界。

我学到的所有功课，都得自我歌曲的师传；歌曲为我揭示隐秘的路径，将我内心天穹的点点繁星，带到我的眼前。

昼日里，歌曲指引我奔波不息，探寻苦乐国度的种种奥秘。到最后天色向晚，我走到旅路终点，歌曲领我来的这道大门，到底属于哪一座宫殿？

一〇二

我曾向众人吹嘘，说我认识你，他们也借由我所有的作品，看到你的形影。他们跑来问我："他是谁啊？"我不知如何回答，只好说："说真的，我说不好。"他们责怪我，满心鄙夷地离去，而你坐在那里，莞尔而笑。

我把你的故事，写成传唱不息的歌曲。关于你的秘密，从我心底涌入人世。他们跑来求我："你这些歌曲是什么意思，全都告诉我吧。"我不知如何回答，只好说："咳，天知道它们是什么意思！"他们微笑着离去，对我鄙夷之极，而你坐在那里，莞尔而笑。

一〇三

我的神明啊，让我全部的感官，一齐向你致敬，让它们一齐铺展在你脚边，领略这世界的风情。

让我全部的心灵，一齐向你致敬，让它彻底俯伏在你门前，宛如载满雨水的七月低云。

让我全部的歌曲，一齐向你致敬，让它们将千腔百调汇成一道洪流，奔向无边的寂静。

让我全部的生命，一齐向你致敬，让它扬帆起航，驶向那永恒的家乡，宛如归飞的思乡鹤群，向着那山间的旧巢，日夜兼程。

一九一三年诺贝尔文学奖颁奖辞

致辞者：瑞典皇家科学院诺贝尔奖委员会主席
哈拉德·耶纳

时间：一九一三年十二月十日

值此诺贝尔文学奖颁奖之际，本院很高兴能将此项荣誉授予英属印度诗人拉宾德拉纳特·泰戈尔，因为他在获奖年度之内写出了"具有理想主义倾向的"最优美之诗歌，与阿尔弗雷德·诺贝尔先生遗嘱当中的明确表述相一致。此外，经过认真全面的审慎考虑，本院业已判明，他这些诗歌最符合评奖标准，同时认为，向他颁奖事不宜迟，不应因诗人家乡遥远、在欧洲声名未著而有所犹豫。鉴于本奖创设人曾以谨严措辞表明，他的"明确意愿是授奖不应以候选人的国籍为考虑"，向这位诗人颁奖更属理所当然之事。

在泰戈尔的诸多作品之中，参与评骘的各位评论家尤为重视他写于一九一二年的宗教诗集《献歌集》。从去年开始，这本书才算是真正进入了英语文学的范畴，原因在于，作家本人虽然立足于本土的印度语言——从教育背景和创作实践来说都是如此——却在去年给这些诗歌着上了一件形式同样完美、灵感则另有机杼的新装。这些诗歌由此得为英国、美国以至整个西方世界所有留心高雅文学的读者所知。自伊丽莎白时代以来，英语诗歌艺术的影响一直在与英国文明的疆域一同增长。各个地方的人，如今都把泰戈尔誉为英语诗歌艺术中一位值得景仰的新起大师，无论他们是否知晓他的孟加拉语诗歌，无论他们与诗人在宗教信仰、文学流派以及政治目标等方面存在怎样的差异。这本诗集之所以能够即刻赢得热情的赞美，是因为它具有以下特点：首先，诗人以一种完美的方式将自己的思想与借自他人的思想融成了一个和谐的整体；其次，他的诗歌音韵和谐，用一位英国评论家的话来说，那就是"兼具诗歌的阴柔之美与散文的阳刚之气"；再次，他遣词造句十分严谨，按有些人的说法是具有古典的高雅品味，并且巧妙地运用了外来语言中的异质元素——概言之，这些特点令他的作品拥有了非凡的独创性，同时也使作品的迻译工作变得更加困难。

上述评价同样适用于我们收到的第二批诗作：出版于一九一三年的《园丁集》。不过，正如作家本人所说，这本诗集的迻译工作并不是对先前作品的简单阐释，而是一种再创作。从中我们看到了他个性中的另一个侧面——忽而臣服于青春爱情的交缠苦乐，忽而沉溺于生命枯荣引发的焦灼与欢欣；与此同时，所有这些体验都伴随着关于超凡世界的点滴思考。

泰戈尔散文故事的英译本题为"孟加拉生活印象"（一九一三年出版）。由于译本出自他人之手，这些故事的形式并不能反映作家本人的风格，尽管如此，故事的内容却让我们看到了他的多才多艺，看到了他对生活的广泛思考，看到了他对各种人物遭际与命运的真挚同情，看到了他组织故事情节的卓越才能。

此后，泰戈尔又发表了一部反映童年及家庭生活的诗集，并给它取了一个富于象征意义的标题："新月集"（一九一三年出版）。除此之外，他还发表了在英美两国的大学里所作的一些演讲，书名是"萨丹纳：生命的实现"❶（一九一三年出版）。这些作品反映了他对人生问题的一些看法，内容是人通过何种途径才能获得一种使生活成为可能的信仰。正是这种对信仰与思维之间真正关系的探究，揭示了泰戈尔作为诗人的非凡禀赋——其特征之一是他思维的无比深度，最重要的特征则是他情感的热度以及他形象语言的感染力。在虚构文学领域，很少有作品能够展现如此广泛多样的韵律和色彩，也很少有作品能以同样的和谐与优雅表现各式各样的感情——不管那是灵魂对永恒的热切盼望，还是由游戏中的纯真儿童引发的轻松喜悦。

泰戈尔的诗中洋溢着真实普遍的人类情感，绝没有什么天方夜谭。假以时日，我们也许还会对他的作品有更深刻的理解。不过，我们已经知道的事情是，这位诗人正打算努力调和东西半球迥然相异的两种文明。两种文明之间的隔阂首先是我们这个时代的典型特征，同时也是我们这个时代面临的最

重要问题。基督教在世界各地的传教事业，最为
淋漓尽致地体现了此项任务的真正内涵，将来的
历史研究者，必定会对这一事业——其中包括那些
我们尚不知晓的工作，以及那些我们不曾褒奖或是
吝于褒奖的工作——的意义和影响作出更为适当的
评价。毫无疑问，未来学者的评价将会比如今许多
地方人们心目中的适当评价要高。多亏有这样的一
场运动，一道道清泉活水才得以物尽其用。诗歌以
此为灵感来源，从中受益尤多，不论这些清泉是否
掺有异质的水流，也不论诗人是上溯到了正确的泉
源，还是将幻想世界的深处视作了源头。更为重要
的是，基督教的传播为许多地方提供了第一股真切
可扪的推动力，促使当地的本土语言走向觉醒和新
生。也就是说，由于基督教的传播，这些地方的语
言渐渐挣脱了虚假传统的束缚，进而获得了巨大的
容量，足以滋养并维系一条鲜活自然的诗歌血脉。

　　基督教的传播也促进了印度语言的重生。伴随

---

❶萨丹纳（Sâdhanâ）为佛教和印度教的一种修炼方式，目标是摆
脱尘世羁绊，获得心灵自由。

着历史上的多次宗教复兴，印度本土的许多语言一
早就进入了文学领域，由此渐渐拥有了举足轻重的
地位和稳定性。然而，频繁出现的情形是，逐渐站
稳脚跟的新传统令这些语言再次变得陈腐僵化。不
过，基督教传播的影响远远超出了那些有案可稽的
信徒招揽活动。过去的一个世纪当中，日常使用的
鲜活语言一直在和来自古代的神圣词藻搏斗，双方
都想把蓬勃发展的新文学纳入自己的控制范围。富
于自我牺牲精神的传教士为前者提供了无微不至的
强力支持，设非如此，这场斗争的过程和结果就会
有非常大的不同。

　　一八六一年，拉宾德拉纳特·泰戈尔出生在
孟加拉。那是历史最悠久的英属印度省份，多年之
前，传教先驱卡雷❶曾在那里付出不懈的努力，为
的是宣传基督教，同时改进当地语言。泰戈尔出身
显赫，他降生的时候，他的家人已经在多个领域
展现了聪明才智。他青少年时期的成长环境相当开
明，从未刻意干涉他对世界人生的看法。与此相
反，他家里洋溢着热爱艺术的高雅气氛，以及对探
索精神和先贤智慧的深刻敬意；此外，他家的家庭

礼拜当中也会用到先贤的文字。后来，他的周遭又出现了一种新的文学精神，要求作家自觉地接近人民，去了解他们生活的需要。波澜壮阔却混乱不堪的印度兵变❷遭到镇压之后，政府实施了坚决的改革，这种新精神的力量由此得到了增强。

　　拉宾德拉纳特的父亲是宗教团体"梵社"最热心的领导成员之一，拉宾德拉纳特本人至今仍是这个团体的成员。这个团体跟古代那些印度教派别不同，并不以传播某种至高无上的神祇信仰为目的。它奠基于十九世纪早期，创建者是一位思想开明的有力人士。此人曾在英国学习基督教义，为之大为心折，由是致力于以他心目中的基督信仰真义为参照，重新阐释源自往昔的本土印度教传统。他和他的后继者对真理的阐释引发了日益广泛的教义论

❶卡雷（William Carey，1761—1834），英国传教士，曾在泰戈尔出生地加尔各答传教，后来又将《圣经》译成孟加拉语、梵文等多种语言。

❷印度兵变（Indian Mutiny）指 1857 至 1858 年间印度民众反抗英国殖民统治的民族大起义。

争，梵社也分化成了一些互不统属的支派。此外，梵社的特性决定了它打动的主要是具备高度文化修养的知识分子，从创建之时就排除了公开信徒数量大幅增长的可能性。尽管如此，这一团体的间接影响可说是相当巨大，就大众教育及文学发展进程而言也是如此。凭借自身的努力，拉宾德拉纳特·泰戈尔成了梵社新生力量当中的佼佼者，成了他们心目中一位值得尊敬的师长和先知。他们执著追求一种师生之间的亲密互动——无论是在宗教生活当中，还是在文学训练当中，这样的互动都得到了深刻、真挚而朴素的体现。

为了履行毕生的使命，泰戈尔先是完成了兼采欧洲、印度的多元文化积累，又通过海外游历以及在伦敦的深入钻研使之更趋广博，更趋深厚。年青时代，泰戈尔陪着父亲遍游祖国各地，足迹远达喜马拉雅山区。年纪很轻的时候，他便开始尝试用孟加拉文写作散文、诗歌、歌曲和戏剧。除了描摹祖国民众的生活之外，他还撰写了其他的一些作品，对文学批评、哲学以及社会学当中的一些问题进行了探讨。不久之前的一段时间里，他暂时中断了繁

忙的世俗事务，原因是本民族源远流长的社会习俗
发出了召唤，让他觉得自己有义务泛舟于神圣恒河
的一条支流，过一段冥思默想的隐士生活。返回尘
世生活之后，作为一位智慧超绝、信仰坚贞的贤
人，他在同胞当中的声望与日俱增。他在孟加拉西
部创办了芒果树荫蔽的露天学校，许多虔诚的青年
学子在学校里成长起来，将他的教诲传播到全国各
地。在此之后，他花费了将近一年的时间，除了以
贵宾身份游历英美文学圈之外，还出席了今年夏天
在巴黎举行的宗教历史大会。如今，他已经再次归
隐他创办的学校。

在泰戈尔的高明教诲受人接纳的地方，人们
都视他为福音的传播者。他的福音来自长期以来只
存在于想象之中的东方智慧宝库，载体则是所有人
都能理解的浅白语言。除此而外，他从未滋生在人
前扮演天才或开山祖师的骄矜之意，总是自谦为一
个居间的媒介，慷慨地散布他生来即得亲近的一种
智慧。放眼西方世界，围城里的生活滋养了一种
不得安宁、聒噪不休的情绪，催生了一种崇拜工作
的迷信，以及利欲驱策的一场征服自然的斗争，正

如泰戈尔所说："情形似乎是，我们生活在一个充满敌意的世界里，必须与一种不情不愿、与我们格格不入的自然秩序搏斗，从它手中夺来我们想要的一切。"(《萨丹纳：生命的实现》第五页）与前述种种令人萎靡的匆促忙乱形成鲜明对比，泰戈尔为我们展现了这样一种文化，一种在广袤宁静、涤荡心灵的印度森林中臻于完满的文化，一种以不断增进与自然生命本体之间的和谐为手段、以获得灵魂安宁为主旨的文化。此外，泰戈尔用来确证我们终将获得安宁的物事，并不是一幅历史的图景，而是一帧诗意的画卷。在某个与时间之始一样古老的时期，种种景象浮现在他灵光独具的慧眼之前，凭着与预言天赋俱来的权利，他随心所欲地画出了这些景象。

然而，泰戈尔并不崇奉所谓的"东方哲学"，尽管那是我们惯于听人在市场上发卖的家什。他不崇奉关于灵魂轮回和无情业力的痛苦幻梦，也不崇奉那种通常被人视为印度上层建筑典型特征的物事，也就是看似具体实则抽象的泛神信仰。他对这些东西敬谢不敏，疏离的程度不亚于我们当中的任何人。他本人甚至不会承认，那种类型的信仰能从印度先贤那些最为深奥的言辞中找到任何依据。他对《吠陀》诗篇、《奥义书》乃至佛陀本人的教诲都做过十分认真的研读，最终悟得了一条在他看来无可辩驳的真理。要说他是在自然当中寻找神性的话，那他发现的是一种具备全能特质的人性，是一位包容一切的自然之主。这位神明的超自然精神力一视同仁地体现在大小不拘的芸芸众生身上，最为真切的体现却是注定不朽的人类灵魂。泰戈尔将无数献歌供奉在这位无名神祇的脚下，歌中洋溢着赞美、祈祷与炽烈的虔诚。他这种对神性的膜拜可说是一种美学意义上的一神论，与宗教乃至伦理层面的禁欲苦修大异其趣。这样的虔诚与他的全部诗歌达成了完美的和谐，让他获得了心灵的安宁。他宣称，哪怕是在基督教世界范围之内，疲惫不堪、忧心忡忡的人们也可以获得这样的安宁。

我们不妨把这种哲学称为神秘主义，然而，他这种神秘主义的目标并不是弃绝个性，以便融入某个近于无物的整体，而是将灵魂拥有的全部才赋修炼到极致，力求与那位活生生的万物之父面晤。即便是在泰戈尔时代之前的印度，这种更为积极的神秘主义也不是全然不为人知。这种哲学在古代苦行者和哲学家当中确实十分罕见，但却广泛存在于多种形式的"巴克提"宗教实践当中，这类宗教实践的核心内容，正是对至尊主神的挚爱与信赖。部分是因为基督教等外来宗教的影响，"巴克提"从中世纪便开始在印度教的各种变相当中寻找自己的宗教理想。那些变相各有特点，究其实则都是观念上的一神论。到了今天，所有那些层次较高的信仰已经悉数消失，要不就退化到了无法辨识的地步，原因在于，各种迷信混合而成的大杂烩发生了过度的增长，业已将无力抵抗它们甘言诱哄的众多印度民众招至旗下。泰戈尔兴许也从这部本族先辈的大合唱中撷取了一两个音符，但他的根基却是这个时代更为坚实的土壤。这个时代让地球上的人们沿着和平或冲突的路径相互靠近，一起走向种种共同的集体责任，同时又努力运用自身的能量，将问候与祝福洒向天涯海角。不过，借由一帧帧引人深思的图画，泰戈尔已经向我们揭示，所有这些转瞬即逝的存在，将会以怎样的方式湮灭于永恒：

　　我的主上啊，你手中的光阴无穷无尽。无人能数算你的时分。

　　昼夜消隐，岁华开谢纷纷。你懂得等待的窍门。

　　你消磨一个又一个世纪，只为令一朵小小野花，开得完美无瑕。

　　我们没有时间可供荒废，没有时间的我们，只能够手忙脚乱，为机会苦苦争竞。我们实在困乏可悯，绝不敢误了行程。

　　牢骚满腹的人们索取我的时间，我对他们有求必应。便是如此，我耗尽我的光阴，而你的祭坛之上，始终不见分毫供品。

　　白昼的尽头，我在恐惧之中匆匆前行，生怕你已经关上大门。但我蓦然发现，时间尚未告罄。

　　　　　　　　　　　　（《献歌集》八二）

晚宴致辞

一九一三年十二月十日，诺贝尔文学奖颁奖晚宴在斯德哥尔摩的格兰德饭店举行，英国使馆代办克莱夫在晚宴上朗读了拉宾德拉纳特·泰戈尔发来的电报：

恳请尊驾向瑞典皇家科学院转达我深挚的谢意，他们的宽阔襟怀已将天涯变成咫尺，将生人变成兄弟。

流萤集

*

据麦克米伦出版公司一九二八年版
译出

我不曾在天空
留下羽翼的痕迹，
却为曾经的飞翔欢喜。

题记

《流萤集》植根于中国和日本。
造访两国之时，我常常应人之请，
在扇子和绢素上
题写自己的点滴思想。

——拉宾德拉纳特·泰戈尔

《流萤集》收录的绝大部分诗作
于1926年首次刊行，彼时泰翁
旅居匈牙利城镇巴拉顿菲赖德
（Balatonfüred），疗养之余完成
了一部孟加拉文及英文双语诗
集，并将手稿影印出版，是为《随
感集》（Lekhan）。英文诗集《流
萤集》于1928年首次刊行。《随
感集》的题记与《流萤集》的
题记略有不同，作"此后书页
中字句源自中国和日本，造访
两国之时，作者往往应人之请，
题写绢素与扇面。——拉宾德
拉纳特·泰戈尔，1926年11月
7日于匈牙利巴拉顿菲赖德"。

一

我的幻想是萤火——
流光点点
在黑暗中乍隐乍现。

二

路边的三色紫罗兰，
引不来偶然的顾盼；
我这些散漫的诗行，
载满它喁喁的呢喃。

三

梦儿拾起白昼的篷车
遗落的零花碎朵，
在心灵的慵倦暗穴里
筑起自己的巢窠。

四

春天毫不顾惜
那些不为将来果实
只为一时兴致的花儿，
将花瓣抛落满地。

五

喜悦挣脱沉睡大地的绑缚，
冲进纷纷无数的密叶繁枝，
在天空里欢舞一日。

六

当我那些载满意义的鸿篇，
　　沉没在光阴的河底，
我那些轻灵琐细的文字，
　　或许依然在河面翩跹。

七

　　心灵的地下飞蛾
　　长出了纤薄的翅膀，
　　在日落的天空里
　　做一次告别的飞翔。

八

　　蝴蝶不用月份，
　　用瞬间计算生命，
　　所以有充裕的光阴。

九

我的思绪像火星，
携着一声欢笑，
乘插翅的惊异飞行。

一〇

树木深情凝望，
自己的倩影，
却永不能将它抓紧。❶

一一

让我的爱化作阳光，
围绕在你的四周，
同时又给你，
璀璨的自由。

一二

白昼是七彩斑斓的气泡，
在无底黑夜的表面浮漂。

一三

我的奉献如此羞怯，
不敢要求你的念记；
或许为着这个缘由，
你会把它记在心里。

一四

如果我的名字成为负累，
请将它从礼物当中抹去，

❶《流萤集》英文初版把第九首和第十首并成了一首，但在《随
感集》当中,这是各自成篇的两首诗。从诗意来看,应以《随感集》
的划分为是。

只留下我的歌曲。

一五

四月像个孩子，用花朵
在尘土中写下象形文字，
转眼便擦去字迹，
就此忘记。

一六

记忆是司祭的女子，
杀死当下的时日，
又将当下时日的心，
供奉在已死往昔的神祠。

一七

孩子们跑出昏暗肃穆的神庙，
坐在尘土里游戏；

神看着孩子们嬉闹，
忘记了自己的祭司。

一八

如流思绪中灵光乍现，
我的心遽然惊动，
就像那潺潺溪涧，
讶异于水音之中，
一个永不再现的突兀鼓点。

一九

山间静寂升腾上涌，
为探测自身的高峻；
湖中波澜沉凝不动，
为冥想自身的渊深。

二〇

残夜将临别的亲吻，
留在清晨紧闭的眼帘，
令晨星光华璀璨。

二一

少女啊，你的美丽，
像一枚青涩的果实，
紧绷绷地保藏着
一个不容窥探的秘密。

二二

失忆的哀伤，
如同失语的黑暗时分，
听不见鸟儿歌唱，
只听见隐约蛩鸣。

二三

偏执想将真理牢牢控制，
真理便死在它紧握的手里。

二四

无垠黑夜点亮满天繁星，
只为鼓励一盏羞怯的灯。❶

二五

天空将大地新娘拥在怀里，
却又与大地新娘，
保持着亘古依然的辽远距离。

❶《流萤集》英文初版把第二十三首和第二十四首并成了一首，
但在《随感集》当中，这是各自成篇的两首诗。从诗意来看，应
以《随感集》的划分为是。

二六

神寻找同道，希求的是爱慕；
魔寻找奴隶，要求的是臣服。

二七

土地将树木缚在身边，
以此为养育的报偿；
天空一无所求，
任树木自由生长。

二八

不朽者如同宝石，
不会矜夸岁月漫漫，
自豪只为瞬间璀璨。

二九

孩子永住在没有纪年的秘境，
远离那蒙蔽心灵的历史埃尘。

三〇

万物足音里一声轻笑，
携万物倏然穿越流光。

三一

遥不可及的你，
晨间在我身边降临；
当黑夜将你带走，
你却与我更加亲近。

三二

粉粉白白的夹竹桃聚在一起，

用各自不同的方言说笑逗趣。

三三

当和平
着手清扫身上的灰尘，
风暴便会来临。

三四

湖低低地偃卧山前，
将一份泪盈盈的乞爱哀辞，
呈奉在铁石心肠者的脚边。

三五

天空里的神圣孩童，
摆弄全无意义的云彩
和瞬息变幻的光影，
为这些玩具喜笑开怀。

三六

微风对莲花低语：
"什么是你的秘密？"
"秘密就是我自己。"莲花说，
"偷去它吧，我也会就此消失！"

三七

风暴的自由与树干的束缚，
携手造就枝桠的婀娜之舞。

三八

素馨的花，
便是她说给太阳的咿呀情话。

三九

暴君要求随意扼杀自由的权力，

却又将自由留给自己。

四〇

众神厌倦天界的乐园，
由是对凡人心生妒羡。

四一

云是气凝的山，
山是石垒的云——
山石云气都是幻影，
闪现在时光的梦境。

四二

神期盼人用爱为祂建庙，
人搬来的却是石料。

四三

我借歌声亲近神，
一如山丘借瀑水，
与遥远海洋亲近。

四四

阳光借由云朵的抵牾，
找到自己的缤纷财富。

四五

我今天的心，
向泪汪汪的昨夜微笑，
像一棵湿漉漉的树，
在雨后阳光中闪耀。

四六

令我生命果实累累的树木
已收到我的谢意；
令我生命长青不败的绿草
却不曾被我记起。

四七

独一无二只是空虚，
一因有二方为真实。

四八

生命中的错误渴求慈悲的美
将它们孤立突兀的音符
融入整体的和谐乐谱。

四九

他们将鸟儿赶出窝巢，
　指望着收获感激，
　因为他们的笼子，
　　安全又美丽。

五〇

　你用你的存在，
　赐予我恩典无数；
　我用爱来偿还，
　欠你的无穷债务。

五一

　池塘从黑暗水底
献上用睡莲写的歌诗，
　赢得太阳的赞许。

五二

对伟大者的诽谤，
是适足自损的轻慢过訾；
对微贱者的诽谤，
是损害对方的卑劣行径。

五三

开在这星球上的第一朵花，
是向未来歌行发出的邀请。

五四

色彩缤纷的黎明之花，
渐渐凋零；
光华素朴的旭日之果，
接踵来临。

五五

铁腕信不过自身的判断，
便扼住将要呼号的喉管。

五六

风想让火五体投地，
结果只是把火吹熄。

五七

生命的戏剧倏忽收场，
生命的玩具次第散亡，
转眼便被人遗忘。

五八

我的花儿啊，
不要去傻瓜的扣眼上

寻找你的天堂。❶

五九

我的新月啊，你姗姗来迟，
　　可我的夜鸟并未睡去，
　　　　还在等着向你致意。

六〇

黑暗是蒙着面幂的新娘，
　　静静地等待浪荡的光，
　　　　回到她的怀抱。

六一

　　树木是大地
　　永无止境的努力，
　努力向侧耳聆听的天空
　　　诉说衷曲。

137

六二

当我自嘲自哂，
自我的重担便告减轻。

六三

弱小也会变得可憎可怕，
因为他们急欲假扮强大。

六四

天堂的风吹起，
锚拼命抓紧淤泥，
而我的小船，
用胸膛撞击锚链。

---

❶ "扣眼"原文为"buttonhole"。把鲜花别在正装外套翻领的扣眼里作为装饰，曾经是西方的流行风尚（如今只用于特定的正式场合），以故"buttonhole"一词兼有"扣眼"和"襟花"二义。

六五

同一是死亡的精髓，
歧异是生命的要义；
神死之时，
众教归一。 ❶

六六

天空的蔚蓝渴望大地的葱绿，
"唉。"风儿在天地之间叹息。

六七

白昼的痛苦被自身的强光障蔽，
夜里才在群星之间熊熊燃起。 ❷

六八

群星簇拥着童贞的夜，

满心敬畏，默默无语，
为她那无从抚慰的孤寂。

六九

云彩将所有的金子，
赠给临行的太阳，
只用一抹苍白的笑容，
迎迓初升的月亮。

七〇

行善者及庙门而止，

❶可参看《游鸟集》第八十四首："死亡合多为一／生命化一为多／神死之时／众教归一。"

❷《流萤集》英文初版把第六十六首和第六十七首并成了一首，但在《随感集》当中，这是各自成篇的两首诗。从诗意来看，应以《随感集》的划分为是。

博爱者却登堂入室。❶

七一

花儿啊，怜悯这只虫子吧。
　　它不是蜜蜂；
它对你的爱，只是错误与包袱。

七二

恐怖的凯旋门已成丘墟，
　　孩子们拾起瓦砾，
　　给洋娃娃搭房子。

七三

在无人问津的漫长白昼，
油灯苦苦等待夜晚来临，
　　等待火焰的亲吻。

七四

心满意足的羽毛，
懒洋洋躺在尘埃之中，
忘记了自己的天空。

七五

形单影只的花儿，
用不着妒忌
纷纷无数的荆棘。

七六

世界的最大灾星
是好心人的无私暴政。

❶可参看《游鸟集》第八十三首："持善心去，叩门待启；持爱心往，门扉自敞。"

七七

我们为生存的权利
付出足额的代价，
便可将自由赢下。

七八

你瞬息之间的无心赠予，
如同秋日夜晚的流星点点，
在我生命的深处燃起火焰。

七九

藏在种子心里的信念，
预示着一个
不能即刻证明的生命奇迹。

八〇

春天在冬天的门口逡巡，
芒果花却不等时机来临，
冒冒失失地跑出去迎候，
迎来的是自己的厄运。

八一

世界是变幻不停的泡沫，
在寂静的海面逐流随波。

八二

暌隔千里的两岸，
在无底泪海的歌吟里，
交融彼此的呼唤。

八三

工作就好比入海的河川，
从闲暇的深处觅得圆满。

八四

你的樱桃树花儿零落，
我还在路上徘徊踯躅；
可是，我的爱啊，
杜鹃花捎来了你的宽恕。

八五

今天你小小的石榴花芽，
红着脸躲在面幂后面；
明天我不在你的身边，
它却会绽成热情的花。

八六

笨拙的蛮力拧断锁匙，
只好把镐头抢起。

八七

降生，
便是从神秘的夜晚，
走进更神秘的白天。

八八

我这些纸做的小船，
只愿在光阴的涟漪里翩跹，
不希求抵达
任何终点。

八九

迁徙的歌曲，
纷纷飞出我的心窝，
要去你挚爱的歌喉里，
寻找自己的巢窠。

九〇

危险、疑问与拒斥的汪洋，
围住凡人那小小的笃定岛屿，
鼓动他拿出胆量，
闯入未知的境域。

九一

爱用宽恕来惩戒；
受伤的美，
以难堪的沉默示惩。

九二

你孑然独居，付出不得回报，
因为他们畏惧
你巨大的价值。

九三

无数个黎明次第来临，
连成无始无终的圈环；
同一轮太阳，
不断在新的土地新生。

九四

神的世界，借死亡不断更新；
魔的世界，被自身碾为齑粉。

九五

萤火虫在尘土里
苦苦摸索，
从不知天空才是
星星的居所。

九六

树木属于今日，
花儿却来自往昔，
因为它携着
远古种子的讯息。

九七

绽放眼前的每一朵玫瑰
全都在向我传递
永恒春天里的永恒玫瑰
问候我的话语。

九八

我劳作，神褒奖我；
我歌唱，神喜爱我。❶

九九

在我昨日的爱情
遗弃的巢窠里，
我今天的爱情
找不到安居之地。

一〇〇

痛苦的火焰为我的魂灵
画出穿越哀伤的光明路径。

---

❶《流萤集》英文初版把第九十七首和第九十八首并成了一首，
但在《随感集》当中，这是各自成篇的两首诗。从诗意来看，应
以《随感集》的划分为是。

一〇一

无数次的死后重生，
使小草比高山永恒。

一〇二

你从我指尖消失，
留下一抹无从捉摸的色调，
在蔚蓝的天空里漫溢，
留下一个无法看见的虚像，
在暗影里随风游弋。

一〇三

春天怜悯枯枝的凄清，
所以在枝头的孤叶上，
留下一个颤颤的吻。

一〇四

花园里羞怯的暗影，
默默地爱着太阳；
猜着它心思的花儿莞尔而笑，
叶儿也窃窃私语。

一〇五

我不曾在天空
留下羽翼的痕迹，
却为曾经的飞翔欢喜。

一〇六

草叶间萤光闪闪，
繁星也为之惊叹。

一〇七

云雾弥漫，
仿佛压倒山峦；
山峦不觉不知，
屹立依然。

一〇八

玫瑰对太阳说：
"我会永远记得你。"
话音未落，
花瓣便零落成泥。

一〇九

山岳是大地
向无法企及的境域
比划的绝望手势。

153

一一〇

虽然你花间的棘刺，
使得我苦痛万分，
美啊，
我依然感激不尽。

一一一

世界懂得，
稀少胜于众多。

一一二

朋友啊，别让我的爱
成为你的负累；
要知道，
爱本身便是回馈。

一一三

晨曦在黑夜的门前，
奏响她的鲁特琴；
待到太阳出现，
便心满意足地消隐。

一一四

美便是真
借一面完美的镜子
照见自己面容之时
脸上的笑意。

一一五

露珠对于太阳的认识，
囿于自身的渺小球体。

一一六

荒废冷落的思想，
涌出古往今来的弃置蜂房，
满布空中，围着我的心嗡嗡营营，
想要借我的歌声
倾诉衷肠。

一一七

沙漠用无边无际的荒瘠，
筑起囚禁自己的铁壁。

一一八

小小叶儿轻轻抖颤，
让我看见空气的无形舞蹈；
小小叶儿微光闪闪，
让我看见天空的隐秘心跳。

一一九

你就像一棵开花的树，
率意奉献你的礼物，
不明白我为何，
赞美你的付出。

一二〇

蓬勃生长的树木，
是大地的升腾祭火；
点点火星，
溅成花朵。

一二一

森林是大地的云朵，
向天空呈上自己的静默；
天上的云朵纷纷降落，
用阵雨与它唱和。

一二二

世界用图画对我说话，
我的灵魂以音乐作答。

一二三

怀想太阳的天空，
整夜点数
繁星串成的念珠。

一二四

夜晚的黑暗暗哑无声，如同痛苦；
黎明的黑暗缄默不言，如同和平。

一二五

骄傲将蹙眉刻进顽石，
爱却用花朵竖起降旗。

一二六

谄媚的画笔缩减真理的篇幅，
　　为的是迁就狭窄的画布。

一二七

倾慕遥远天空的山丘，
　　想要变得和云朵一样，
　　拥有追求的无尽渴望。

一二八

为了给自己泼洒墨水的行为辩解，
　　他们把白天说成黑夜。

一二九

义若带来利好，
　　利便对义微笑。

一三〇

怀着满溢的自豪，
气泡质疑大海的真实，
随即开口发笑，
迸裂成无物的空虚。

一三一

爱是永无止境的谜题，
只因为别的任何东西，
都不能解释它的意义。

一三二

我的云朵在黑暗中悲戚，
忘记了遮蔽太阳的事物，
正是它们自己。

一三三

神向人讨要礼物，
人方知自己富足。

一三四

你留下火焰般的回忆，
燃在我别离的孤灯里。

一三五

我来向你献一枝花，
可你非要
把我整座花园揽下——
拿去吧。

一三六

图画——阴影珍藏的光之记忆。

一三七

冲太阳做鬼脸轻而易举，
因为他暴露在自己的光辉里，
四面八方都没有遮蔽。

一三八

说出口的爱情，
依然是一个秘密，
因为只有爱人，
才深知被爱的滋味。

一三九

历史慢慢扼杀自身的真相，
随即投入可怕的忏罪苦行，
忙不迭想让真相起死回生。

一四〇

我的工作，
有计日的薪资作为回报；
我自身则须等待，
以爱计算的最终酬劳。

一四一

美懂得说，"够了"，
粗鄙却吵嚷着索取更多。

一四二

神乐意从我身上看到的
不是祂的仆役，
而是为众人服务的
祂自己。

一四三

夜晚的黑暗，
与白昼喈喈和鸣；
雾气迷濛的清晨，
却是乱耳的杂音。

一四四

玫瑰盛开的丰盈日子，
爱是醉人的佳酿；
花凋瓣落的匮乏时分，
爱是充饥的食粮。

一四五

陌生土地的无名花朵，
开口跟诗人搭腔：
"爱人啊，我俩莫不是同乡？"

一四六

神容许我拒斥祂，
所以我能够爱祂。

一四七

我那些未得调谐的弦丝
用满怀羞愧的痛苦嘶鸣
乞求旋律。

一四八

蠹鱼认为，
人不以书籍为食，
实在是蠢得出奇。

一四九

今日的天空布满乌云，

显现出陷入沉思的永恒
额上那一抹神圣的哀伤
凝成的暗影。

一五〇

我的果树为过客投下清阴，
果实则留给我等待的伊人。

一五一

落日的余晖里，
晕生双颊的大地，
像一枚成熟的果实，
等待着黑夜的撷取。

一五二

为了万物的福祉，
光明将黑暗迎娶。

一五三

芦笛苦苦等待乐师的气息，
神圣的乐师，
为祂的芦笛寻寻觅觅。

一五四

盲目的笔认为，
写字的手并非真实，
写下的字全无意义。

一五五

大海捶打着光秃秃的胸膛，
恨自己没有花朵献给月亮。

一五六

贪果失花。

一五七

在繁星璀璨的神庙里，
神等着凡人献上油灯。❶

一五八

禁锢在树木里的火，
催发千花万朵。
脱去束缚的无耻烈焰，
只会在死灰中殒落。

一五九

天空并没有
用罗网捕捉月亮；
是月亮的自由

❶可参看《游鸟集》第一百九十四首："神钟爱凡人的灯火／胜于
祂自己的璀璨星河。"

把它缚在了天上。

一六〇

溢满天空的光
在草上的露滴里探求
自己的界疆。❶

一六一

财富是庞然的负担，
幸福是存在的完满。

一六二

剃刀以寒光自豪，
于是对太阳冷笑。

一六三

蝴蝶有时间爱慕莲花，
采蜜的蜂儿无此闲暇。

一六四

孩子啊，你让我的心充溢
风和水的咿呀，花儿的无言秘密，
云彩的梦想，还有清晨的天空
那满怀惊异的默默凝视。

一六五

云间的彩虹可称奇观，
丛莽中的小蝶更加不凡。

❶《流萤集》英文初版把第一百五十九首和第一百六十首并成了
一首，但在《随感集》当中，这是各自成篇的两首诗。从诗意来看，
应以《随感集》的划分为是。

一六六

朝雾将她的网罗，笼在清晨四周，
迷住了他，也迷了他的眼眸。

一六七

晨星对黎明低语：
"告诉我，你到来只是为我。"
"只为你，"黎明答道，
"也只为那枝无名的花朵。"

一六八

穹苍保持着无垠的空旷，
好让大地有地方
用梦想建造自己的天堂。

一六九

听说自己是一块
有待完善的残片，
新月也许会展露
不明所以的笑颜。

一七〇

黄昏不妨原宥白昼的过错，
借此赢来自身的安和。

一七一

在花蕾的囚牢，
在这个甜美欠缺的中央，
美莞尔而笑。

一七二

你倏来倏去的爱，
用翅膀轻拂我的葵花，
从不曾开口动问，
它是否愿将花蜜献纳。

一七三

叶儿是环绕花儿的静寂，
花儿是叶儿的言辞。

一七四

大树将自己走过的万载千年，
呈现为一个壮丽庄严的瞬间。

一七五

我的祭献，

不为道路尽头的赫赫神殿，
是为途中每一个转弯之处，
那些不期而遇的小小神龛。

一七六

爱人啊，你的笑靥，
就像陌生花朵的香气，
简单纯净，无从解释。

一七七

当人们夸大逝者的功勋，
死亡便喜不自胜，
因为它有了非分的收获，
府库更加充盈。

一七八

海岸的叹息

　徒然地追踪
催动征帆的轻风。

一七九

　真理热爱自身的界限，
那是它与美相会的地点。

一八〇

我那个澎湃腾涌的自我，
　化作喧嚣浩淼的涛浪；
　我渴望渡过
这阻隔你我的汪洋。

一八一

　占有的权利
总是愚蠢地夸说
享受的权利。

一八二

玫瑰的意义
远远不只是
因棘刺而生的
一份赧然歉意。

一八三

白昼把他的金琴，
交给静默的繁星，
让它们调校琴弦，
赋予它永恒生命。

一八四

智者懂得如何教化，
愚者知道如何笞罚。

一八五

圆舞往复无终，
圆心寂然不动。

一八六

裁判者拿他人的灯油
与自己的灯光相比，
自以为公平合理。

一八七

囚在国王花冠里的花，
用悲苦的笑颜，
回应草地野花的妒羡。

一八八

积雪的重负，

由山岳自己承揽；
出山的溪水，
有整个世界分担。

一八九

听，森林在祈求
繁花竞放的自由。❶

一九〇

让你的爱，
看到我的存在，
就算我俩的亲密无间，
已变成障目的阻碍。

❶这首诗原文作"Listen to the prayer of the forest for its freedom
in flowers"，可有两解，译文参照了《随感集》中的对应诗句（I
hear the prayer to the sun / from the myriad buds in the forest: / "open
our eyes."）。

一九一

万物所以有劳作的热情，
只是为助长游戏的雅兴。

一九二

聋聩人生的悲剧，
在于背负着沉重的乐器，
计算着乐器的工本，
却始终不知
乐器是为音乐而生。

一九三

信仰是先觉的小鸟，
在未明的拂晓，
便感受到光，
便放声歌唱。

一九四

夜啊，我将我白昼的空杯带给你，
请你用清凉的黑暗将它净洗，
好迎接新鲜早晨的节日。

一九五

沙沙作响的山间杉树，
将抗击风暴的记忆，
变奏为赞美和平的颂诗。

一九六

当我奋起反抗，
神以打击赐我荣光；
当我颓然蛰伏，
祂便对我掉头不顾。

一九七

思想褊狭的人，
自以为已经将整个海洋，
舀进自己的私家池塘。

一九八

躲避言辞的记忆，
在生命深处的幽暗角落，
筑起凄清的巢窠。

一九九

让我的爱，
在白昼的奉献中找到力量，
在夜晚的归宿中找到安详。

二〇〇

生命用片片草叶，
将无声的赞美歌行，
献给未名的光。

二〇一

我觉得夜空繁星，
点点都是追念，
追念我在昼日里，
凋落的千花万瓣。

二〇二

打开你的门，
要去的任它离去；
别用你的阻拦，
把失去变成粗鄙。

二〇三

真正的完满，
并不是到达极限，
而在于成就无限。❶

二〇四

海岸对大海低语：
"你的波涛拼命想说什么，写给我吧。"
大海蘸着浮沫，一次次写个不停，
一次次在喧嚷的绝望里，
擦去行行字句。

二〇五

用你的指尖
触动我生命的琴弦，
让音乐成为
你我合奏的佳篇。

二〇六

内在世界好比果实，
在我生命的悲喜中臻于圆熟；
它将会坠入黑暗的故土，
融进未来的造物宏图。

二〇七

形式由物昭示，
韵律由力节制，
意义由人赋予。

二〇八

世间有人寻求智慧，
也有人寻求财富，

❶可参看《游鸟集》第一百一十一首："终止于枯竭,结局乃是死灭；
消隐于无穷，方得完满终结。"

而我寻求你的陪伴，
　是为了歌唱于途。

二〇九

如同树木抛落叶子，
　我将言语洒满大地，
却让我未曾出口的朵朵思绪，
　开在你的静默里。

二一〇

主啊，愿我对真理的信念，
　还有我对完美的领悟，
　　有助你创造万物。

二一一

筵席终了之时，
　容我在爱的完美契合里，

将我从生命花果之中
尝到的全部欢喜，
奉献给你。

二一二

有人曾殚精竭虑，
探求你真理的意义，
他们了不起；
而我曾屏声敛息，
细听你演奏的乐曲，
我满心欢喜。

二一三

树木是插翅的精灵，
摆脱了种子的缧绁，
用它全部的生命，
去探索未知的境界。

二一四

莲花向天空献出美丽，
小草为大地充当仆役。

二一五

太阳的亲吻，
把赖在枝头的青涩果实
心中的执著贪迷，
酿成醇美的舍弃。

二一六

火焰碰上我心里的瓦灯，
那光明何等惊人！

二一七

谬误与真理比邻，

由此便迷惑我们。

二一八

云朵讥笑虹霓，
说它是暴发的新贵，
绚丽之下只有空虚。
虹霓平静地回答：
"我的真实无法抹杀，
"一如太阳的光华。"

二一九

但愿我不会在黑暗里，
胡乱摸索，枉费辛劳，
但愿我的心永不动摇，
坚信长夜终将破晓，
真理也终将显现，
它素朴的面貌。

二二〇

透过黑夜的静寂，
我听见清晨的希望
漂泊归来之时
叩击我心扉的声响。

二二一

新的爱为我捎来，
旧爱的永恒财富。

二二二

大地凝望月亮，
暗自惊叹，
她竟能将她的乐章
全部装进笑颜。

二二三

好奇的白昼目光炯炯，
害羞的星星逃去无踪。

二二四

天空啊，
我的心与你完美交融的地点，
是我自己的那扇窗户，
不是开阔的外间，
那是专属于你的国土。

二二五

凡人编织花环，
由是将神赐的花朵，
说成他自己的贡献。

二二六

曾经深埋地底的城市，
赧然迎来新时代的天日，
因为它荒芜赤裸，
失去了全部的歌曲。

二二七

就像是我心中
那早已不明所以的苦痛，
笼上黑袍的缕缕阳光
将自己地底深藏。
就像是我心中
那突然被爱触动的苦痛，
阳光为春天的召唤摘下面幂，
换上花叶织就的霓裳，
在色彩的狂欢里登场。

二二八

我生命的空寂箫管，
等待它最后的乐篇，
像未凿的黑暗夜晚，
等待繁星次第闪现。

二二九

从泥土囚牢中获得解救，
绝不意味着树木的自由。

二三〇

生命经纬的缕缕纱线，
断而复续，续而复断，
织成叙说生命故事的挂毯。

二三一

我那些从未被言语俘获的思绪，
在我的歌声和舞蹈里栖居。

二三二

今夜的天籁浩茫无际，
一棵树茕茕孑立。
我的灵魂，
迷失在它静默的心里。

二三三

大海将一枚枚珍珠贝，
抛上死亡的荒芜滩涂——
昭示着善于创造的生命，
肆意挥霍的恢宏气度。

二三四

太阳的光，
为我开启世界的门户；
爱的光，
带我进入世界的宝库。

二三五

我的生命，
如同开有音孔的芦笛，
借着希望与收获之间的缺口，
吹出缤纷的美丽。

二三六

别让我对你的感激言语，
破坏我无言的静默里，
那份更深沉的谢意。

二三七

生命的壮志雄心，
总是以孩童的面目来临。

二三八

凋零的花朵哀叹，
叹春天永不回返。

二三九

我生命花园里的财富，
只是些掠影浮光，
从不曾有人收集，
也不曾有人贮藏。

二四〇

我永远不会失去的收获，

是蒙你接纳的那枚佳果。

二四一

素馨花知道，
太阳是她天上的兄长。

二四二

光，古老却充满朝气；
转瞬即逝的阴影啊，
出生便已老去。

二四三

我觉得，
我歌声的渡船
会在白昼终结之时，
载我去往彼岸；
到那里，

我就能睁开慧眼。

二四四

穿梭花间的蝴蝶，
　永远是我的伴侣；
落在我网中的蝴蝶，
　却会离我而去。

二四五

自由的鸟啊，
你的歌声飞进我安睡的巢，
于是我昏沉的翅膀，
在梦中飞向云端的光。

二四六

我出演人生的戏剧，
却不知自己的角色有何意义，

因为我对他人的角色，
一无所知。

二四七

落尽花瓣之时，
花儿觅得果实。

二四八

离去的我，
将自己的歌，
留给岁岁重来的忍冬花簇，
留给南风的欢舞。

二四九

枯叶在泥土之中失去自己，
便与森林的生命融为一体。

二五〇

心灵总是借自身的声音与寂静，
　　找寻自己的言辞，
恰如天空借自身的黑暗与光明，
　　寻觅自己的语句。

二五一

无形的黑暗吹起长笛——
　　光明的韵律，
旋进太阳与星辰，
旋进梦境与思绪。

二五二

我的歌是为表明，
我热爱你的歌声。

二五三

当缄默者的声音，
触及我的言语，
我懂得了他，
由此懂得自己。

二五四

我最后的礼敬
要献给那些知道我不完美
却依然爱我的人。

二五五

爱的礼物无法给予，
只能等待爱人收取。

二五六

当死亡在我耳边低语，
"你的日子已经终结"，
让我告诉他："我曾活在爱里，
"不曾虚度岁月。"
他会问："你的歌能否亘古长存?"
我会说："我不知道，
"只知道我常常在歌咏时分，
"找到属于自己的永恒。"

二五七

星星说：
"让我点起自己的灯盏，
"无须盘算，
"它能不能减少黑暗。"

二五八

旅途终结之前，
愿我能在自己的内心，
见到包容万物的本真，
任外在的躯壳
与浮生万类，
随偶然与变易的流水，
一同漂过。